青青子衿系列 · 郑培凯 主编

悠悠我思

葛剑雄 著

·桂林·

悠悠我思
YOUYOU WO SI

著作权合同登记号桂图登字：20-2018-227 号

图书在版编目（CIP）数据

悠悠我思 / 葛剑雄著．—桂林：广西师范大学出版社，2022.2
（青青子衿系列 / 郑培凯主编）
ISBN 978-7-5598-4202-2

Ⅰ．①悠… Ⅱ．①葛… Ⅲ．①杂文集－中国－当代 Ⅳ．①I267.1

中国版本图书馆 CIP 数据核字（2021）第 171079 号

广西师范大学出版社出版发行
（广西桂林市五里店路 9 号　邮政编码：541004
网址：http://www.bbtpress.com）
出版人：黄轩庄
全国新华书店经销
广西广大印务有限责任公司印刷
（桂林市临桂区秧塘工业园西城大道北侧广西师范大学出版社集团有限公司创意产业园内　邮政编码：541199）
开本：787 mm × 1 092 mm　1/32
印张：7.75　　字数：150 千字
2022 年 2 月第 1 版　　2022 年 2 月第 1 次印刷
定价：58. 00 元

总　序

香港城市大学出版社邀约我编一套丛书，希望由著名的人文学者来执笔，反映文、史、哲、艺各个领域的学术研究，最好是呈现长期累积的研究心得与新知，厚积薄发，深入浅出，让一般读者读得兴味盎然。这一套书要有学术内容，但不是那种教科书式的枯燥罗列，或是充满了学术术语与规范的高头讲章。社长与副社长跟我讨论了一番，劝我出面联系学界名流，请他们就自己著作中，挑选一些比较通俗而有启发性的文章，或说说自己在学术研究上最有开创性的心得，编辑成书，出版一个系列，以吸引关心人文知识的读者，并能刺激青年学者，启导他们在学术研究的道路上，得到前辈的启发，追寻有意义的学术方向。

大学出版社出版学术书籍，一般有两种类别与方向：一是毫无趣味的入门性教科书，虽然言之有物，却干巴巴的，呈现某一学术范畴的全面知识，主要提供基础学问给学生，可以作为回答考试的标准答案。另一类则是学术专题的深入研究，将学者钻研多年所累积的学术成果撰写成专著，解决特定的学术问题，为学术的提升贡献新知，是专家写给专家看的书籍。

出版社想出的这一套丛书系列，是希望我联络学界耆宿，说服他们写随笔文章，揭示自己潜泳在学海中的经验与心得，既要有知识性，有学术的充实内涵，又要有趣味性，点出探求学术前沿与新知的体会。其实，这类文章最难写，先得吃透了整个学术领域的知识范畴，潜泳其间，体会出知识体系的脉络，然后像叶天士那样的名医把脉一样，知道学术研究的病灶难点，指出突破的方向与探索的前景。出版社希望的目标，听起来很有道理，说起来很轻巧，却是最难以做到的。

现在有许多学术著作，展示了刻苦钻研的成果，像清朝的考证学一样，旁征博引，把古往今来的相关知识全都引述了一通，类似编了本某一专题的批注大全，最后才说出几页自己的研究心得。有些论述长篇累牍，往往没有什么新意，只让我们看到作者皓首穷经的辛苦耕耘，却不一定有什么收获。这样的研究专著，看来是为了学术职场的升等，写给学术考核的专家们看的。精深难懂的研究专著，有其出版的必要，因为它总是长期学术耕耘的成果，功不唐捐，甚至有可能是可以传世的巨作，要经过好几代学者的分析才能体会其中的奥义。但是，一般而言，大量的学术专著也只是显示了作者的努力，让学术同行认可其专家的地位，是给少数研究者看的。有他不多，没他不少，对学术的发展与知识的传播，似乎无关紧要。一般的知识精英，对学术有兴趣，是想知道研究领域出现了真知灼见，能够启动深刻的人文思考，并不想知道某一专题研究的过程与细节，就好像人们都对科学研究的成果感兴趣，却不肯待在实验室里，跟着科学家长年累月观察实验的过程。所以，出一套丛书，请学术名家就他们毕生研究的经验，以随笔的形式，总结一下心得，则是大家都喜闻乐见的。

接受了出版社的委托，联络了一些朋友，大家都很给面子，说“应该的，应该的”，做了一辈子学问，也该总结一下，让一般读者知道探求学问的门径，理解人文学术研究的心路历程。反正都到了退休的年龄，完全不必理会学术职场的名利，可以静下心来反思自己的学术道路，如何可以金针度人。大家有了撰著的兴趣，都问我，这套学者随笔丛书的名称是什么。我突然福至心灵，好像是天上文曲星派了个小精灵来点醒，脱口就说，“青青子衿，悠悠我心”，有了，就是“青青子衿”系列。

“青青子衿”一词，来自《诗经·郑风·子衿》，诗不长，只有三段：

> 青青子衿，悠悠我心。纵我不往，子宁不嗣音？
> 青青子佩，悠悠我思。纵我不往，子宁不来？
> 挑兮达兮，在城阙兮。一日不见，如三月兮。

按照汉代学者的解释，是讲年轻人轻忽了学习，让老师们有点担心，希望他们回到学校，认真读书。陈子展先生是这样译成白话的：

> 青青的是你的衣领，悠悠不断的是我的忧心。纵使我不往你那里去，你难道就不寄给我音讯？青青的是你的佩玉绶带，悠悠不断的是我的心怀。纵使我不到你那里去，你难道就不到我这里来？溜啊踏啊，在城阙啊。一日不见，如三月啊！

这首诗的解释，过去是有歧义的，主要是朱熹推翻汉代以来的诠释，认定了“郑风淫”，所以，这也是一首男女淫奔之诗。结果朱熹的说法成了明清以来的正统解释，连现代人谈情说爱，也都喜欢引述这首诗，特别是“一日不见，如三月兮”这两句，很容易就联想到《王风·采葛》同样的诗句，让人日思月想，情思绵绵。其实，认真说起来，朱熹的说法并不恰当，这首诗也不是一首“淫诗”。汉代的《毛传》明确指出：“《子衿》刺学校废也。乱世，则学校不修焉。”对“嗣音”的“嗣”字，解释得很清楚：“嗣，习也。古者教以诗乐，诵之歌之，弦之舞之。”至于“一日不见，如三月兮”，《毛传》说：“言礼乐不可一日而废。”郑玄则笺解说：“君子之学，以文会友，以友辅仁。独学而无友，则孤陋而寡闻。”唐代孔颖达《毛诗正义》更延伸解释：“礼乐之道，不学则废，一日不见此礼乐，则如三月不见也，何为废学而游观乎？”大体说来，从汉到唐的经解诠释，说的是严师益友，互勉向学的意思，比起朱熹突然指为“淫奔之诗”，要恰当得多。

清末的王先谦在《诗三家义集疏》中，引述古人对《子衿》一诗的理解与传述，是这么说的：

> 魏武《短歌行》：“青青子衿，悠悠我心。但为君故，沉吟至今。”虽未明指学校，并无别解。北魏献文诏高允曰：“道肆陵迟，学业遂废。《子衿》之叹，复见于今。”《北史》：大宁中，征虞喜为博士，诏曰：“丧乱以来，儒轨陵夷，每揽《子衿》之诗，未尝不慨然。”宋朱子《白鹿洞赋》：“广《青矜》之疑问，弘《菁莪》之乐育。”皆用《序》说。

列举了曹操以来，历代对《子衿》的理解与认识，包括朱熹的《白鹿洞赋》在内，都同意《毛序》的诠释，是关心学业，没有人提起“淫奔”的想法。也不知道朱熹撰写《诗经集传》的时候，是否突然吃错药了，满心只想男女之事，让后人想入非非。

当然，诗无达诂，可以随你解释，只要解释得通就好。我们采用汉代去古未远的解释，希望青年读者读了这套书，可以对学术发生兴趣，在人文思维方面得到启发。假如你坚持“青青子衿”是首情诗，那更好，希望你能爱上这套书。

郑培凯

目　录

第一编　议古·论今

第二编　历史·地理

第三编　学者·藏书

第四编　书序·回忆

第一编　议古·论今

厓山之后[1]

公元1279年3月19日（宋帝昺祥兴二年、元世祖至元十六年二月癸未），宋元在厓山（今广东江门市新会区南海中）海上决战，宋军溃败，主将张世杰退守中军。日暮，海面风雨大作，浓雾迷漫，张世杰派船来接宋帝出逃。丞相陆秀夫估计已无法脱身，先令妻子投海，然后对九岁的小皇帝赵昺说："国事如此，陛下当为国死。"背着他跳海殉国。

七天后，海面浮起十万余尸体，有人发现一具穿着黄色衣服、系着玉玺的幼尸，元将张弘范据此宣布了赵昺的死讯。消息传出，完全绝望的杨太后投海自杀。张世杰被地方豪强劫持回广东，停泊在海陵山（今广东阳江市海陵岛），陆续有些溃散的部众驾船来会合，与张世杰商议返回广东。此时风暴又起，将士劝张世杰弃舟登岸，他说："无能为力了。"张世杰登上舵楼，焚香祈求："我为赵家已尽了全力，一位君主死了，又立了一位，如今又死了。我之所以不死，是想万一敌兵退了另立一位赵氏后裔继承香火。现在又刮那么大的风，难道是天意吗?"风浪越来越大，张世杰落水身亡。

1 本文原载于2015年7月11日的腾讯网《大家》专栏，原题《不可说崖山之后再无中国》。

至此，南宋的残余势力已经全部灭于元朝。

一年后的至元十七年，被俘的宋将张钰在安西以弓弦自缢而死。此前张钰曾为宋朝固守合州，元将给他送去劝降书：“君之为臣，不亲于宋之子孙；合之为州，不大于宋之天下。”（你不过是宋朝的臣子，不比皇室的子孙更亲；合州不过是一个州，不比宋朝的江山更重要。）但张钰不为所动，直到部将叛变降元，自己力竭被俘。

另一位宋朝的忠臣文天祥，于宋祥兴元年（元至元十五年，公元1278年）十二月被元兵所俘。他坚贞不屈，尝试了各种方法自杀，或有意激怒元方求死。被押抵大都（今北京）之初，文天祥仍求速死，但言辞中已不否认元朝的既成地位，在自称“南朝宰相”“亡国之人”时，称元朝平章阿合马为“北朝宰相”。此后，文天祥的态度发生了微妙的变化，据《宋史·文天祥传》，在答复王积翁传达元世祖的谕旨时，他说：“国亡，吾分一死矣。傥缘宽假，得以黄冠归故乡，他日以方外备顾问，可也。若遽官之，非直亡国之大夫不可与图存，举其平生而尽弃之，将焉用我？”如果说《宋史》系元朝官修而不足信，王积翁有可能故意淡化文天祥的对抗态度，那么邓光荐所作《文丞相传》的说法应该更可信，《传》中文天祥的回复是：“数十年于兹，一死自分，举其平生而尽弃之，将焉用我？”但除了没有让他当道士及今后备顾问二事，承认元朝已经取代宋朝的态度是一致的。

而且，在文天祥被俘前，他的弟弟文璧已在惠州降元，以后出任临江路总管。据说文天祥在写给三弟文璋的信中说“我以忠死，仲以孝仕，季也其隐”，明确了三兄弟的分工。实际上，文氏家族的确是靠文璧赡养，文天祥被杀后，欧阳夫人是由文璧供养的，承继文天祥香火的也是文璧之子。这更说明，根据文天祥的价值观念，他是宋朝的臣子，并出任过宋朝的丞相，宋朝亡了就应该殉难，至少不能投降元朝当它的官。但他承认元朝取代宋朝的事实，包括他的家人、弟弟、妻子在内的其他人，可以当元朝的顺民，甚至出仕。也就是说，在文天祥心目中，这是改朝换代，北朝战胜南朝，新朝取代前朝。

另外一位宋朝的孤忠的基本态度，与文天祥相同。

曾经担任宋江西招谕使的谢枋得，曾五次拒绝元朝征召。在答复那些奉命征召的官员时，谢枋得说得很明白："大元制世，民物一新。宋室孤臣，只欠一死。枋得所以不死者，以九十三岁之母在堂耳。""世之人有呼我为宋逋播臣者亦可，呼我为大元游惰民者亦可，呼我为宋顽民者亦可，呼我为皇帝逸民者亦可。""且问诸公，容一谢某，听其为大元闲民，于大元治道何损？杀一谢某，成其为大宋死节，于大元治道何益？"也就是说，他承认宋朝已亡，元朝已立，只要元朝不逼他出来做官，愿意当一名顺民，不会有什么反抗的举动。但元福建参知政事魏天祐逼他北行，他最终只能在大都绝食而死。

态度最坚决的是郑思肖，在宋亡后他依然使用德祐的年号，表明他不承认元朝，希望能等到宋朝的"中兴"。但到"德祐九年"，即文天祥死后次年，他也不再用具体的年份记录，证明他对复国已完全绝望，实际已不得不接受元朝存在的事实。不过，像郑思肖这样的人在宋遗民中亦属绝无仅有。

这一方面固然是由于元朝已经拥有宋朝全境，除非逃亡海外，宋朝遗民只能接受既成事实，即使他们心中不承认元朝。另一方面，宋朝从一开始就未能统一传统的中国范围，早已习惯了与“北朝”相处，并且实际上已经将它们看成中国的一部分。宋朝与辽、金的关系，如果从名义上说，宋朝往往居于次位，如不得不称金朝皇帝为“大金叔皇帝”，而自称“大宋侄皇帝”。宣和二年（1120）宋朝与金朝结盟灭辽，绍定五年（1232）与蒙古联合灭金，都已将对方视为盟国或敌国。所以，在宋朝的忠臣和遗民的心目中，只会是厓山以后无宋朝，却不会是厓山以后无中国。

那么，厓山以后的元朝和元朝以降的各朝是否还是中国呢？

首先我们得确定中国的定义。

目前所见最早的“中国”两字的证据，是见于青铜器“何尊”铭文中的“宅兹中国”。从铭文的内容和上下文可以断定，这里的“中国”是指周武王灭商前的商朝都城，即商王所居。自然，在周灭商后，周朝首都就成了新的“中国”。显然，那时的中国，是指在诸国中居于中心、中央的国，是地位最高、最重要的国，当然非作为天下共主的天子所居都城莫属。

但从东周开始，随着周天子及其权威的不断丧失以至名存实亡，随着诸侯国数量的减少和疆域的扩大，到战国后期，各诸侯国已无不以中国自居。到秦始皇灭六国，建秦朝，中国就成了秦朝的代名词，并且为以后各朝所继承，直到清朝。1912年中华民国临时政府建立，中国成了国号的简称和国家的名称。在分裂时期，凡是以正统自居的，或以统一为目标的政权，包括少数民族入主中原所建政权，或占有部分中原地区的政权，都自称中国，而称其他政权为岛夷、索虏、戎狄、僭伪。但在恢复统一后，所有原来的政权中被统一的范围都会归入中国。如唐朝同时修《北史》《南史》，元朝《宋史》《辽史》《金史》并修，以后都列入正史。

蒙古政权刚与金朝对峙时，自然不会被金朝承认为中国，它自己也未必以中国自许。到与南宋对峙时，蒙古已经灭了金朝，占有传统的中原和中国的大部分，特别是以“大哉乾元”得名建立元朝后，蒙古统治者已经以中国皇帝自居，以本朝为中国。就是南宋，也已视元朝为北朝，承认它为中国的北方部分。后元朝灭南宋，成了传统的中国范围里的唯一政权，无疑是中国的延续。就是文天祥、谢枋得等至死忠于宋朝的人，也是将元朝视为当初最终灭了南朝的北朝，而不是否定它的中国地位。

所以，就疆域而言，元朝是从安史之乱以后，第一次大致恢复了唐朝的疆域。尽管今新疆的大部分当时还在察合台汗国的统治之下，西界没有到达唐朝极盛时曾一度控制的阿姆河流域和锡尔河流域，但北方和东北都超过了唐朝的疆界，对吐蕃的征服也使西藏从此归入中国，元朝疆域达到了中国史上空前的辽阔，远超出了以往的中国范围，在此范围内已经没有第二个政权。如果说元朝不是中国，那天下还有中国吗？明朝的中国法统从哪里来？

如果将中国视为民族概念和文化概念，的确主要是指自西周以降就聚居在中原地区的诸夏、华夏，以后的汉族及其文化，而周边的非华夏、非汉族（少数民族）则被视为夷狄，被称为东夷、西戎、南蛮、北狄，它们的文化自然不属中国文化。华夏坚持“夷夏之辨”“夷夏大防”是重要的原则，并一再强调“非我族类，其心必异”。但是随着华夏人口的不断扩展，非华夏人口的持续内迁，华夏或汉族的概念早已不是纯粹的血统标准，而成了对地域或文化的承认，即凡是定居在中国范围内，或者被扩大到中国范围内的人，无论以什么方式接受了中国文化的人，都属于中国。

当成吉思汗及其部族还活动于蒙古高原时，当蒙古军队在华北攻城略地后又退回蒙古高原时，他们在中原的汉、女真、契丹、党项等族的心目中，自然不属中国，他们也没有将自己当作中国。但当忽必烈家族与他的蒙古部族成了中原的主人，并且基本在传统的中国范围内定居后，蒙古人在元朝拥有比其他民族更高的地位或更大的特权，占人口绝大多数的汉人不得不接受他们为中国。而当蒙古人最终成为文化上的被征服者时，连他们自己也以成为中国人为荣了。尽管这一过程因人而异、因地而异，但即使自觉坚持蒙古文化的人，只要在元朝覆灭后还留在明朝境内，他们的后人也不得不接受主流文化，最终被“中国化”。

东汉以后，大批匈奴、羌、氐、鲜卑等族人南下或内迁，广泛分布于黄河中下游各地，还形成了他们的聚居区。三国期间，今陕西北部、甘肃东部和内蒙古南部已经成了羌胡的聚居区，东汉与曹魏已经放弃对那里的统治，撤销了行政机构。西晋初年，关中的羌胡人已超过当地总人口的一半，匈奴人已成为山西北部的主要人口，辽东成了鲜卑人的基地。此后的十六国中，由非华夏（汉）族所建的占十四个，在战乱中产生数百万非华夏流动人口。但在总人口中，非华夏各族始终处于少数，并且随着他们不断融入华夏，在总人口中所占的比例日益降低。

从十六国中第一个政权建立起，五胡各族的首领无不以本族与华夏的共主自居，几乎完全模仿以往的中原政权，移植或引进华夏的传统制度。有的政权虽然实行“一国两制”，在称王登基的同时还保留着部族制度，但随着政权的持续和统治区的扩大，特别是当它们的主体脱离了原来的部族聚居区后，部族制度不可避免地趋于解体。到北魏孝文帝主动南迁洛阳，实施全面汉化后，尽管出现过多次局部的反复，鲜卑等族的“中国化”已成定局。

东晋与南朝前期，南方政权与民众都将北方视为异域，称北方的非华夏人为“索虏”。但北方政权逐渐以中国自居，反将南方人称为“岛夷”。随着交往的增加，双方有识之士都已承认对方为同类，有时还会作出很高的评价。如北魏永安二年（529），梁武帝派陈庆之护送元颢归洛阳，失败后陈庆之只身逃归南方。尽管当时北魏国力大衰，洛阳远非全盛时可比，还是出乎陈庆之意外，在南归后他说了一段发人深省的话：

自晋宋以来，号洛阳为荒土，此中谓长江以北，尽是夷狄。昨至洛阳，始知衣冠士族，并在中原。礼仪富盛，人物殷阜，目所不识，口不能传。所谓帝京翼翼，四方之则。如登泰山者卑培塿，涉江海者小湘沅。北人安可不重？

经过东晋、十六国、南北朝期间的迁徙、争斗和融合，到隋朝重新统一时，定居于隋朝范围内的各族，基本都已自认和被认为华夏（汉）一族，尽管其中一部分人的胡人渊源或特征还很明显，他们自己也不隐讳。在唐朝，突厥、沙陀、高丽、昭武九姓、回鹘、吐蕃、靺鞨、契丹等族人口不断迁入，其中的部族首领和杰出人物还被委以重任、授予高位，或者赐以李姓。血统的界限早已破除，相貌的差异也不再成为障碍。唐太宗确定《北史》《南史》并修，就已肯定北朝、南朝都属中国。皇甫湜在《东晋元魏正闰论》中更从理论上明确："所以为中国者，以礼义也。所谓夷狄者，无礼义也。岂系于地哉?"陈黯在《华心》中说得更明白："以地言之，则有华夷也。以教言，亦有华夷乎？夫华夷者，辨在乎心，辨心在察其趣向。有生于中州而行戾乎礼义，是形华而心夷也；生于夷域而行合乎礼义，是形夷而心华也。"

从蒙古改国号大元到元顺帝逃离大都凡九十八年，蒙古人进入华夏文化区的时间也不过一百多年，还来不及完全接受中国礼义，也不是都具有"华心"。但已经发生变化，并越来越向礼义和"华心"接近，却是不争的事实。如元初的皇帝还自觉地同时保持蒙古大汗的身份，但以后就逐渐以皇帝为主了。元朝皇帝孛儿只斤·妥懽帖睦尔（明朝谥为顺帝）逃往上都（今内蒙古正蓝旗东闪电河北岸）后，已经失去了对全国范围特别是汉族地区的统治权，照理最多只能称蒙古大汗了，但他还是要当元朝皇帝，继续使用至正年号，死后被谥为惠宗。此后又传了两代，才不得不放弃大元国号、年号这套礼义，重新当蒙古部族首领。

如果将中国作为一个制度概念，那么从入主中原开始，蒙古就基本接受和继承了以往各朝的制度。到了元朝，在原金、宋统治区和汉人地区实行的制度并无实质性的变化，但更趋于专制集权，权力更集中于蒙古人、色目人，与宋朝相比文治、吏治均有倒退，并影响到此后的明朝、清朝。另一方面，从治理一个疆域辽阔、合农牧为一体的大国需要出发，元朝的制度也有创新，如行省制度，以后为明、清、民国所沿用，直到今天。

从中国这一名称出现至今的三千一百余年间，它所代表的疆域逐渐扩大和稳定，也有过分裂、缩小和局部的丧失；它所容纳的民族与文化（就总体而言，略同于文明）越来越多样和丰富，总的趋势是共存和融合，也有过冲突和变异；它所形成的制度日渐系统完善，也受到过破坏，出现过倒退；但无论如何，中国是始终延续的，从未中断。无论是膺天命还是应人心，统一还是分裂，入主中原还是开拓境外，起义还是叛乱，禅让还是篡夺，一部《二十四史》已经全覆盖。总之，无论厓山前后，都是中国。

如何评价施琅的历史贡献[1]

施琅本是郑成功之父郑芝龙的部下，曾随郑芝龙降清，为清朝进军广东。后为郑成功招纳，投入“反清复明”，成为郑成功的得力部将。但因故触怒郑氏，其父、弟被郑成功所杀，又叛郑投清。如果没有之后发生的事，施琅或许连名列《明史·贰臣传》的资格都没有，他的行为实在没有值得肯定的。如果因为他投降清朝事出有因而原谅他，那么洪承畴、吴三桂等人谁没有原因？吴三桂不也是因为亲人被杀、爱妾被占而降清的吗？

至于施琅与郑氏祖孙四代（郑芝龙、郑成功、郑经、郑克塽）间的纠葛，外人和后人是很难作出正确判断的，因为目前能看到的史料大多是最终的胜利者施琅及清朝官方留下的。当然，清朝收复台湾以后，施琅对郑氏家族没有采取报复手段，还亲自到郑成功庙致祭，显示了一位政治家的风度，这是值得充分肯定的。但施琅此时的表现既有出于政治利益的考虑，也不无清廷约束的结果，因此而全面肯定他此前的作为既无必要，也不合理。

既然如此，为什么还要充分肯定施琅的历史贡献呢？那是因为

1 本文原刊于《经济观察报》2006年7月14日。

施琅在降清后的确发挥了无可替代的作用，使中国和中华民族避免了完全可能造成的巨大损失。

首先，在郑成功收复台湾，并以此为基础坚持“反清复明”后，清朝已经基本统一了中国大陆，疆域范围远远超过明朝，其统治也逐渐稳定。无论从哪一方面看，郑氏政权从台湾出发推翻清朝，在中国大陆恢复明朝政权是绝无可能的。即使郑氏政权能长期维持，发展下去无非几种结果：一是最终被清朝攻灭；二是成为一个独立于清朝的国家；三是为日本所吞并；四是成为荷兰、西班牙、葡萄牙等西方国家的殖民地。施琅促成了第一种结果，并且以双方最小的代价实现了。但第二种结果是完全可能的，因为台湾的情况比较特殊，尽管与大陆的联系开始得很早，但并不频繁，也缺乏正常的经济、文化和人员交流。即使是郑芝龙、郑成功父子经营时期，控制范围也没有到达全岛，特别是当地少数民族聚居地区。加上郑氏部属大多来自福建，与中原文化有较大地域差异，如长期与大陆隔绝，离心力自然会越来越大。第三种结果同样如此，郑芝龙的活动范围包括日本，郑成功就是他在日本与当地妇女通婚所生，郑氏部属与日本的联系很密切。从此后琉球的结局看，即使到时台湾想寻求清朝的保护也是得不到的。从东南亚各国的遭遇看，一个孤悬在大陆之外的政权肯定避免不了沦为殖民地的命运。

其次，郑氏政权与清朝对峙已经给中国造成巨大损失，如果这种局面延续下去，损失将更难以弥补。康熙元年（1662），清朝为了断绝大陆与郑氏政权间的联系，防止大陆百姓资助和迁往台湾，实行迁界（迁海），规定从辽东至广东，沿海的居民一律内迁三十里，有的省内迁五十里，甚至有加到八十里的。大批百姓只能抛弃田地住宅，背井离乡，迁往内地，在中国东部沿海形成长达万里的一条无人地带，近海岛屿也完全放弃，任其荒芜。不仅被迁对象深受其害，沿海地区的经济、文化也大受影响，特别是农业、渔业、盐业、贸易、交通遭受严重打击。而在大陆如此彻底的坚壁清野后，除了刚开始时突击迁移去台湾的数十万人，郑氏政权再也得不到来自大陆的人力和物力。尽管到康熙八年，朝廷已批准实施复界，但直到台湾收复后的康熙二十三年，迁海令才完全撤销。可见，无论用什么方式结束对峙，都有利于大陆和台湾人民。

第三点是大家都熟知的，即在台湾被清朝收复后，不少人认为只要将郑氏家族和部属迁回大陆，就没有必要再拥有台湾。放弃台湾的意见一度占了上风，是施琅的恳切陈词才使康熙帝作出决断，不弃守台湾，于是才有康熙二十三年隶属于福建省的台湾府的设置。不要以为弃守台湾只是说说而已，在中国历史上不乏先例。如海南岛，在南越国割据时就成为其疆域的一部分，至汉武帝平定南越，海南岛归入汉朝版图，即在岛上设立两个郡，一二十个县。但到西汉后期，因地方官暴虐，当地民众激烈反抗，朝廷只能下令放弃。直到左宗棠出兵收复新疆时，反对者的理由之一也是新疆弃之不可惜。而施琅的建议之所以能为康熙所接受，关键在于他或许是唯一真正了解清朝与台湾双方实际情况，洞悉西方殖民者在东南亚和台湾一带的活动与周边各国形势，并且出于公心，敢于力排众议的人。

当时施琅已功成名就，无论台湾是弃是守，都不会影响他的前程和地位。若仅为自身计，就完全不必冒得罪康熙帝和其他大臣的风险，而这正是他难能可贵之处。

要全面评价施琅，必须将他的一生作为一个整体来考察，不必也不可能讳言他前期的行为。但使台湾成为中国领土的一部分这一伟大功绩，就足以使他名垂青史。

抵抗外敌入侵是中华民族的光荣传统[1]

当我得知我有这样一个机会要在这里发表一点我个人的意见，在面对这样一个主题时，我就想到了：是什么支持着我们这个民族、这个国家走过了几千年那么艰难的历程，成为今天世界上这样一个伟大的民族、伟大的国家？为什么一次次的朝代更迭、一次次的家破人亡、一次次的倒退和破坏，没有阻止我们这个民族的进步、我们这个国家的发展？其中一个很重要的原因，是我们具有一种抵抗外敌、坚决捍卫自己的家园和自己生存发展的权利的光荣传统。我们中华民族有和敌人血战到底的气概、有自立于世界民族之林的能力。今天，我们纪念抗日战争暨反法西斯战争胜利七十周年，可以更加深刻地体会到，这样一种民族精神，通过我们传统文化的传承和弘扬，的确起了决定性的作用。

但是另一方面，我们也不能否认，在国内、在知识界始终存在着那么一股小小的逆流，他们就是通过一些似是而非的谬论，通过一些经过包装的、打上新名词的汉奸言论，在起着破坏的作用。先

1 本文是2015年10月15日在上海“传统文化与民族精神”论坛的主旨演讲（记录稿），刊于《世纪》2016年第1期。

师谭其骧先生曾经告诉我，在“九一八”事变以后，北平城里面就流传着这么一种谬论，说“日本人进来怕什么，整个中国让日本人占了，咱们就把日本中国化了”；还有的人鼓吹“将来要世界大同了，国家取消了，不一样吗”。这种谬论到今天还有市场，有的人批评我们是民族主义，要用所谓天下主义来代替民族主义。我们爱国、爱自己的民族，我们坚持自己的价值观念，他们就批判，认为这是逆时代的潮流，要我们洞开大门，放弃我们自己的传统。比如我们说中国历史上曾经出现过这样的现象：任何军事上的征服者最后都成为文化上的被征服者。这的确是客观事实，但被这些人所利用，“既然如此，那么就让他们征服吧”。还有人说，“中国就是殖民太少了，全殖民了就好了”。

我觉得这些论点，既不符合历史事实，也不符合人类共同遵循的行为准则和伦理底线，更不利于我们这个国家未来的发展。首先，我们要用历史唯物主义的观点来看待历史。战争的确给人类，包括给我们中华民族，造成过巨大的损失，但是任何战争在当时的条件下都有正义和非正义之分。现在一些民族成了中华民族大家庭的一员，但在当时是利益对立的民族。少数民族的确有生存的权利，有反抗当时汉族、外族等统治民族对它的欺凌和压迫的权利。但是，凡事都有一个度，当他们开始攻打华夏的领地，当他们已不仅仅是为自己争取生存的权利，而是要破坏、损害他人的生存权利的时候，战争的性质就变了。所以不能因为今天女真人的后代和汉人成了一个民族，就指责当初岳飞抗金，也不能因为满族今天成了中华民族的一员，就肯定吴三桂，否定史可法，这个界限是不能混淆的。

其次，这些论点不符合历史事实。的确，抵抗战争曾经给我们这个民族造成惨重的损失，从表面上看，也许屈膝投降能够换来一时的安定。但是，这个损失一方面是不可避免的，另一方面，也正因为有人坚持抵抗，奋战到最后，给了发动战争的民族以深刻的教训，才迫使他们在以后进入中国中原地区、在他们以后的执政中尊重中国的传统文化，接受中国的传统文化，中国的传统文化才得以延续。如果一味地屈膝投降，让他们不付任何代价就能够达到目的，那么根本就谈不上以后怎么样接受传统文化，使他们成为文化上的被征服者。

比如说蒙古人入侵金朝的时候，当他们进入中原，曾经有人向统治者建议:“汉人无补于国，可悉空其人以为牧地。”建议把汉人都赶光，将农田全部变成牧地。但是正因为以汉人为主的北方民族继续抵抗，也同时因为南宋的存在，使蒙古统治者看到了农业文明的优势，看到了中国传统文化的力量，看到了接受这样的文化、接受这样的体制对他们自身统治的好处，所以才减少了初期的屠杀，才开始接纳汉人中的优秀分子。等到元朝要平定南宋的时候，它发出的诏书已经提出要保护农业、商业，实际上已经接受了这个体制。这是坚持抵抗促使他们向一种先进的文化、先进的体制转化，这个代价是值得的。

又比如说满族进关伊始，他们的确采取了很残暴的政策，包括发生在上海嘉定、扬州的残酷杀戮。正是明朝遗臣遗民的坚决抵抗，特别是对自己传统文化誓死的捍卫，使满族统治者认识到这种文化、这种体制的力量。所以以后为了稳定统治，满族统治者几乎全部接受了汉族的传统文化，以至于到清朝修自己历史的时候，提出将那些卖国求荣投降清朝的人归入《贰臣传》，尽管这些人对于清朝满族的统治有很大的贡献，但乾隆皇帝认为他们“大节有亏”。坚持抵抗的明朝臣子则进入《忠臣传》，各地修方志，跟随他们的百姓进入《义民传》，随同他们牺牲的妇女被称为“节妇”。所以，尽管当时满族取代了汉族的统治地位，朝代更替了，但是中国的传统文化得以继续弘扬、继续发展。

所以我们说，军事上的征服者最终成为文化上的被征服者，是需要有人去作出牺牲的，是需要有人去坚持和弘扬这些传统文化的。在欧洲，外族入侵的时候，没有出现像中国这样的一种持续的抵抗，所以整个欧洲一度进入黑暗时期。到了今天，天下主义、世界大同已经成为我们美好的理想，但是它需要全人类共同努力，既然说是天下主义、世界大同，就不可能单独在一个国家实现。所以在这个目标实现之前，我们要继续坚持弘扬这种可贵的民族精神，要继续抵抗一切外敌的入侵，无论是物质的，还是精神的。

不同文化应该相互理解和欣赏[1]

不同的文化应该共存共荣，已经越来越成为共识。但实际情况并不那么乐观，总有一些人喜欢以自己的文化为中心，根据自己的价值观念和评价标准来衡量其他文化，以自己的好恶决定对待其他文化的态度。还有些人的确能以平等的态度对待其他文化，但主要是出于道德观念或外交礼仪，内心却并无这样的观念，或者仅仅是出于政治目的和实际利益的需要。因此，不同文化平等相处的前提是秉持自觉的、正确的观念，即充分认识到不同文化存在与发展的合理性。

世界上一切文化都是人类的不同群体在生存繁衍的过程中逐渐形成和变化的，都是在不同的地理环境下形成的生产和生活方式，以及在此基础上产生的习惯、规范、观念和思想。因此，在不同的地理环境下形成不同的文化，人们因生活和生产方式不同而产生文化差异，是不可避免的，也是完全正常的。

在过去的一万年至五千年间，中国这块土地上形成了不同的早

1　本文是2012年10月18日第十四届中国上海国际艺术节主旨论坛“文化多样性与跨文化合作”的演讲稿。

期文化，如满天星斗，交相辉映。随着为了生存发展而进行的迁徙、争斗、交流、融合，最终形成了以黄河流域为主体、以农业文明为基础的华夏文明，并最终覆盖了东亚的汉字文化圈和中国的汉族聚居区。

华夏文明的基础是农业文明，在此基础上形成的各种文化之所以能够长盛不衰，延续至近代工业社会，就是因为地理环境提供了充分的条件，也因为它们适应了生存在这一环境中的人群的需要，并且能够通过不断调整和发展适应社会的需要。由于拥有辽阔的地域和优越的条件，这种文明在东亚以至当时的世界处于先进的地位。直到近代，尽管北方和西北的牧业文明可以凭借本身的军事实力进入中原，成为军事上的征服者，但最终无不成为文化上的被征服者，如果它没有及时退出的话。

但与此同时，在蒙古高原、西域（今新疆和中亚）、青藏高原也形成了适应各自地理环境的牧业文明或农牧兼有的文明，虽然因自然条件的制约，其规模和影响尚不能与华夏农业文明相比。两千年前的有识之士就认识到，不同文明适应不同地理环境的本质，相互间难分优劣，不可替代。

在这些不同文明共处的过程中，无论是人口的自由迁徙和物资的互惠交流，还是武力争夺和血腥杀戮，客观上都促成了文化上的相互学习。华夏文化中的音乐舞蹈得益于西域文化，“胡服骑射”学自北方牧业民族，由席地而坐到使用坐具也是受到牧业民族“胡床”的启发，甚至连妇女的贞节观念和婚姻制度也离不开牧业民族的影响。另一方面，源于农业地区的茶传入牧业地区，成为牧业民族不可或缺的重要物资，饮茶成了牧业社会日常生活的一部分。

由于以往数千年间人类还不具备克服地理障碍的能力，不同文化之间长期缺乏或很少有交流的机会，在一个文化区域内往往会形成某种文化的绝对优势，加剧文化之间的差异。对自身文化过度的自尊自信，也导致对其他文化的歧视漠视。反而是一些相对贫困、资源匮乏的群体，会更迫切地突破地理障碍，寻求新的物质文明和精神文明。

历史上的冲突和仇杀、战争和毁灭，从根本上说，是利益争夺的结果。但不同文化的群体间的冲突，也包含了相互之间的无知和误解，有其文化根源。一种文明的兴衰或许只是地理因素的影响，但一种文明迅速取代另一种文明，几乎都是通过暴力和战争实现的。

时至今日，不同文明间的相互了解已经不存在物质方面的障碍，先进的信息产业和发达的市场经济已成为物质文明传播的最有效的途径。世界上大多数人已经认识到人类存在着共同的价值观，不同文化间具有一定的共性，不同的只是显示或表达的方式。另一方面，任何个人和群体都有权保持自己的文化和信仰，这已经成为公认的政治伦理和价值观念。

因此，不同文化之间首先要相互了解，并以此为前提相互理解、相互欣赏，尽可能发现对方的长处，了解它形成、发展和延续的原因，吸取其中对自己有益的因素。展示自身的文化也应该是出于这样的目的，只有在对方需要学习时才予以传播，提供便利。

中国文化有“己所不欲，勿施于人”的优良传统。但不可否认，在中国古代，“夷夏之别”的观念根深蒂固，因而对自己的文化采取“传而不播”的政策，即可以接纳外来人员学习中国文化，却不鼓励甚至禁止向外传播中国文化。其实质固然有不强人所欲的一面，但更多是出于对其他民族的轻视、歧视和蔑视，认为他们尚未开化，不配接受教化。即使是在本国内部，对少数民族聚居区，也要到了改土归流、设置州县后，才推广儒家文化和科举制度。

在今天，这种心态的残余依然存在，有些人还坚持认为中国文化优于其他文化、东方文化优于西方文化。

即便是“己所欲”也不能强加于人，不同文化之间应该各取所需、自由吸收，在对方需要的前提下给予帮助，才能达到共存共荣的结果。特别是处于强势地位的文化，更应该尊重处于相对弱势地位的文化，帮助它们得到延续，为它们的发展留有余地。

我们还应该认识到，文化的创造与传承都离不开人的作用，而人的天赋往往能突破物质条件的限制，天才人物和某种精神文明所达到的高峰或许在可以预见的未来都无法超越。每个民族都可能拥有天才人物，如果客观条件适宜，他们的作用得到充分发挥，就有可能形成这样的高峰。最杰出的文化成果，特别是艺术作品，都是天才与信仰结合的产物，往往独一无二，是可遇不可求、可望不可即的。其中的幸存者是全人类的瑰宝，具有普遍性的价值。对它们的价值和意义，或许我们今天还不能理解，但通过相互交流，至少能使我们了解更多。

我来自上海，上海是近代中国最早、规模最大的开放城市。自1843年开埠以来，城市人口主要由移民构成。来自国内各地和世界各国的移民，特别是其中的高层次移民（包括来自俄罗斯的一批杰出的艺术家和学者）带来了各自的文化，在共同的生存和发展中形成了集古今中外之长的上海文化和艺术。西方的音乐、舞蹈、戏剧、美术、电影，与中国传统的、民间的艺术交相辉映，相得益彰，产生了新的形式和内容。这些不仅丰富了城市生活，开阔了市民的视野，提高了市民的文化艺术素质，扩大了城市的影响，使上海在中国和世界更具吸引力，也使上海人更善于理解和欣赏其他文化。

经过改革开放洗礼的中国人民正以更加开放、包容、热切的心态接纳世界上不同的文化和艺术，相信一定能够得到世界各国人民的理解和响应。

是什么导致传统文化断裂[1]

任何一种文化都离不开它的载体，都是通过载体得到保存、延续和传播的。最重要的载体当然是人，是创造或掌握这种文化的人。特别是在文字和书面记录相当困难的条件下，人作为文化载体的作用无可替代，甚至是唯一的。俗文化的载体是一个群体，除非遭遇特大的天灾人祸，一般不至于灭绝。雅文化的载体往往是少数人，甚至只有个别人，如果这些人失去了或被剥夺了传播能力，这种文化有可能断裂，甚至从此消亡。但只要人还在，哪怕只有个别人幸存，这种文化仍有可能得到延续。中国历史上有不少雅文化都因为传承者的丧失而成为广陵绝响，但另一些雅文化不绝若线的现象也屡有发生。

如秦始皇焚书坑儒以后，规定以吏为师，禁止百姓收藏图书。学者逃亡山林，有的儒家经典未能保存下来，只能靠口头传播。汉惠帝时取消了禁止百姓收藏图书的法令，儒家学者才开始在民间传播学说，但由于原书没有完整地保留，只能长期依靠口头流传。济南人伏生原来是秦朝的博士，秦始皇禁书时，他将《尚书》藏在墙

1 本文收录于《你是哪个县的》(北京：中信出版社，2013)。

壁间，等战乱后回家，发现遗失了几十篇，只剩下二十九篇。好在伏生还能背诵记忆，传授给学生。汉文帝时，伏生已年过九十，行动不便，朝廷只能派晁错到伏生家学习继承。伏生讲一口齐地方言，又口齿不清，只能让女儿传达，但晁错说的是颍川方言，还有二三成的意思不明白，只能根据自己的理解记录。要是没有伏生，或者没有晁错的记录和传播，《尚书》的传承就会出现断裂。

在古代中国，另一个重要的文化载体是文献记载，主要是书籍。如果唯一的一种文献或书籍遗失了、毁灭了，又没有像伏生那样的人留作载体，它所记录的文化也会随之断裂以至灭绝。而这样的事在以往两千多年间何止万千。

在秦始皇的焚书和禁书后，又经历了秦汉之际的大乱，先秦形成的典籍大多损毁，经过西汉时一次次的征集和重编，到末年才形成由刘向、刘歆父子编成的《七略》，共七类、三万三千零九十卷。王莽覆灭时，宫中图书被焚烧。东汉光武帝、明帝、章帝都很重视学术文化，好在民间有不少收藏，经过多次征集，皇宫中石室和兰台的藏书又相当充足。于是将新书集中在东观和仁寿阁，分类整理，目录编成《汉书·艺文志》。可是到董卓强迫汉献帝西迁长安时，军人在宫中大肆抢掠，将用缣帛写成的长卷当作帐子和包袱，运往长安的书籍还有七十余车之多。以后长安也沦于战乱，这些书籍被一扫而光。

经曹魏收集散在民间的图书，加上西晋初在汲郡（今河南省卫辉市西南）古墓中发掘出来的一批古书，宫中图书又恢复到两万九千九百四十五卷。但不久八王之乱和永嘉之乱爆发，首都洛阳饱受战祸，成为一片废墟，皇家图书荡然无存。

东晋初只剩下三千零一十四卷，此后北方的遗书逐渐流到江南，到宋元嘉八年（431）已著录了六万四千五百八十二卷。齐朝末年，战火延烧到藏书的秘阁，图书又受到很大损失。梁初整理图书，不计佛经共有两万三千一百零六卷。由于梁武帝重视文化，加上江南维持了四十多年安定局面，民间藏书大量增加。侯景之乱被平息后，湘东王萧绎（即以后的梁元帝）下令将文德殿的藏书和在首都建康（今南京）收集到的公私藏书共七万余卷运回江陵。加上他的旧藏，达到空前的十四万卷。但到承圣三年（554），当江陵城被西魏军包围时，他下令将藏书付之一炬。这一损失无法估量，因为直到唐初修《隋书·经籍志》时，著录的书籍才八万九千六百六十六卷。

唐朝以后，虽然由于印刷术的逐渐普及，多数书籍有了复本，民间的收藏增加，在天灾人祸中得以幸存，但还是有大量孤本秘籍失传了，或者被蓄意毁灭了，由它们承载的文化也随之湮灭。

在这一漫长的过程中，记录文字的材料发生了根本性的变化，由甲骨、金属、石料、竹简、木简、缣帛，变成了以纸为主。文字本身也发生了很大变化，由甲骨文、金文、篆书、隶书，变为以楷书为主，辅以行书、草书，并且不断产生一些被简化了的“俗字”“俗体”。但只要记录得到保持，文化就不会断裂。即使是三千多年后重见天日的甲骨文，经过专家的研究，也大多得到解读，使后人由此获得商代的大量信息。

至于有一些文化已被历史所淘汰，自然不会再有传承它们的人。但只要相关的记载还在，后人还是可以了解的。例如汉族妇女缠足的现象已经消失，但通过五代以来所谓“金莲文化”的记载，我们可以了解它的状况和影响。又如科举制度废除后，会写八股文的人越来越少，现在大概已没有高手了。但由于有关科举的史料和八股文都很丰富，研究科举和了解八股文并不困难。

存在与影响

——历史上的中外文化交流对“一带一路”建设的启示[1]

我这几年在研究历史地理、中国史和相关的历史时，有一个很深的体会，可以说到目前为止，我们中国人研究历史还停留在自娱自乐的阶段，基本上很少客观地分析中国历史、中国的传统文化在世界上的地位，在很大程度上就是简单的罗列，哪一阶段、哪一年中国产生了什么，发生了什么事件，似乎这就证明这些都已经在世界上产生了影响。

现在中国人已经走出去了，在座的各位都已经有了走出去的机会，我们的信息也畅通了，那么请问大家，在今天我们所了解的外国文化中，有多少是受到中国古代文化影响的呢？今天世界上存在的制度文明，有多少有中国的成分？很少。

而且有时候我们把一种片面的认识当成全面，比如说，我们认为东南亚受中国的影响很大，而事实是不是这样呢？实际上，中国文化在东南亚中的影响主要是在华人里，例如印度尼西亚、马来西亚，甚至包括新加坡，他们的宗教主要是伊斯兰教，主要是穆斯林

1　本文原刊于《思想战线》2016年第5期，第42卷。

文化，而不是中国文化。新加坡的政治制度、主流文化究竟是受英国制度或西方文化影响大呢，还是受中国文化影响大呢?

所以，我们首先要考虑的一个问题，当然还是中国文化本身的优势。存在就是影响吗？并不是。

一种存在本身有时间和空间的范围，这必然会制约他人。但是它的影响的大小或是否存在，就不仅仅取决于本身了，而要看到它与被影响者的关系。比如血缘、民族、语言、宗教、信仰、政治、利益等。比如在同一血缘或同一民族间会克服时间和空间的障碍，产生较大的影响或保持较长久的时间。又如，同一种语言是最有利的传播媒介，同一种文字更能突破时间和空间的界限。宗教可以跨越时间与空间的影响，一旦形成了信仰，就可能产生非理性的结果，不能用常理和逻辑来推断。政治与利益就更不是用时间与空间可以衡量的了。此外，还要考虑到影响者与被影响者之间的时间与空间的距离，因为对同一因素而言，正常的影响力还是与时间、空间的距离成反比的。

我们也不能主观地认为，在中国已经消失了的文化肯定对周边国家产生过什么样的影响，相反，有些在国外保存的已经消失了的中国文化会反过来影响中国，就是孔子所说的“礼失求诸野”。例如，从诸夏、华夏开始一直传承到近代的某些文化，对近在咫尺的少数民族都没有什么影响。但明朝灭亡后，朝鲜人却以宁死也不抛弃祖宗衣冠的态度抵制清朝剃发易服的命令，造成的结果是在中国已经绝迹的“汉家衣冠”却保留在朝鲜半岛。再者，还要考虑到文化影响者本身的传播态度和能力，是认真的、积极的，还是随意的、消极的，甚至是防范的。例如宋朝禁止向契丹、西夏出口书籍，更不会主动传播文化，结果契丹、西夏都制定了自己的文字，连佛经也得从汉文翻译为西夏文，同时代宋朝的文化在契丹和西夏产生不了什么影响。

此外，还要考虑到文化传播的手段与途径。在现代传播手段发明和运用之前，文化的传播只能通过人、文字和具体的物品。如果没有人和具体的传播物，即使处于同一时代，不同的文化之间也不可能有交流和影响。今天我们有了互联网，有了密集的人际交流，但是我们不能用现代化的手段来想象古代，不能说汉代的文化肯定影响了罗马，反过来也是如此。

正因为如此，我们就必须了解中国古代文化的基本特征。

一方面，由于地理环境的障碍，中国文化远离其他发达的文明。如果我们把今天所遗留下来的古代文明做个比较，绝大多数都可以找到它们之间的相互关系，但是只有美洲的玛雅文化与中国的文化很难找到与其他文明之间的联系交融，就是由于地理环境的障碍，在当时几乎是不可逾越的。历史上有好几次外来的文明到了中国的边缘，但是最终几乎都没有传播进来，能够过来的往往很少。目前能找到的汉代与罗马的交流，就是“眩人”，即今天所说的杂技演员，但是连来过的具体人数也没有。即便像史书所载，将他们当作罗马派来的使者，对文化交流能起到多大作用、留下多大影响？同样的道理，中国的文化也很难突破地理环境的障碍。正因为这样，中国的文化基本上是独立发展起来的，一直到近代才受到外来文化的冲击与影响，在这以前更多的是在物质上吸收外来的文化，精神上基本是独立发展的。所以在晚清时期，有很多文人志士才会感叹，中国遇到了“三千年未有之大变局”，这个大变局不是仅仅指坚船利炮、声光电化，更是意识形态、文化、制度之类主体上的冲击。

另一方面，中国由于周边隔绝及自身优越的地理环境，所以在孔子时代就产生了强烈的“华夷之辨”，认为华夏优于蛮夷，蛮夷还没有开化，等同于禽兽。夷要变夏，就必须接受华夏的文化礼仪；反过来如有华夏放弃了自己的文化传统，则会由夏变夷。所以“华夷之辨”始终是根深蒂固的，在政治上，主张“非我族类，其心必异”，对夷人保持着防范的心理。如果认为夷人还有可取的话，那是因为他变成了夏的结果，而不是夷人本身。同时，古人还认为“天朝无所不有”，无须依赖外人，所以对外来文明的态度，统治者往往是出于不得已才容忍，或者完全出于个人的精神追求和物质享乐的目的，如长生不老、求仙、纵欲、声色口腹。所以直到清朝乾隆晚期，中国只接受朝贡贸易，而正常的贸易只能停留在民间或者走私，甚至要通过外力干预才能够改变。

所以，中国文化的传统历来是开而不放、传而不播。我们现在往往赞扬汉唐如何的开放，但事实上是开而不放，打开一扇小门允许西域、南海诸国、日本、朝鲜、琉球等地的人进来，但目的是让他们来朝见或学习中国的礼仪文化，而不是与他们交流，更不会向他们学习。古代的中国很少主动去外界学习他国、他族的文化，截至目前笔者尚未在历史中发现过这样的例子。唯一的例外，是出于宗教的目的，比如法显、宋云、玄奘等到印度去取经。因为中国人不认为、不相信在中国之外还有能与中国相称的文明，更不会有值得中国学习的文明。此外，中国人也不认为有向外传播自己的文化的必要，因为境外都是蛮夷戎狄，不仅非我族类，而且尚未开化，也不愿接受教化，不配学习中国文化。朝鲜、越南、琉球等藩属国则因曾为汉唐故土，或长期向化，已被视同中国文化区域。日本则一直被列为外国，官方或正常情况下不会主动去传播中国文化。鉴真和尚是应日本之邀去弘扬佛法，其他成果都是副产品。朱舜水留在日本是因为明朝覆灭，他作为遗民回不了国。近代以前，中国从来没有去外国办过一所孔子学院，现在能够找到的古人在国外传播文化的例子，除宗教原因外，往往都是出于不得已或者是偶然的原因。

即使是在国内，儒家文化也仅仅停留在精英、统治者和制度层面，没有深入到民间。当时中国农村绝大多数人都是文盲，连《三字经》《百家姓》这些普及型的读物都不会，谈何儒家文化？儒家文化和皇权也局限于华夏（文化）地区，在行政上，少数民族聚居地区大多属“羁縻”性质或由土司统治；在文化上，一般都听其自然，并因属“蛮夷”而不施教化。像云南、贵州、广西、四川、湖北、湖南这些地区，往往经过改土归流以后，才开始办学校、兴科举，儒家文化才传播到了少数民族地区，但一般也只限于上层及迁入当地的汉民。在这之前，只有个别积极“向化”的土司才会主动学习儒家文化，往往要经过争取，官方才会破例去传播。

在境外，中国文化的传播限于朝鲜、越南、琉球等通用汉字的地域和华人聚居区。不少人以为中国文化在东南亚的影响很大，其实并非如此。早期的中国移民基本都是底层贫民，从在当地定居并形成社区开始，一直处在本地文化的包围之中。而历代统治者根本没有保护侨民的意识，反而视海外华人为不忠不孝的叛逆、盗匪，甚至在他们遭受殖民统治迫害杀戮时也无动于衷，更不可能在文化上给予他们支持。中国的统治者连帮助自己的侨民学习中国文化的意识也没有，岂会去向他们的所在国传播中国文化？因此，华人华侨要进入主流，必须接受当地的文化，甚至皈依当地宗教。二十世纪五十年代后，由于中国不再承认双重国籍，海外华人绝大多数选择加入当地国籍。在大多数国家，华人不得不改用当地姓氏，华人教育被限制或取缔，只有少数华人还能坚持写汉字、讲中文。

所以我们要清楚的是，在世界平行发展的各文明之间，文化未必是相互影响的，不能仅仅根据空间、时间相近的因素来推断。比如，中国的造纸术早在二世纪就成熟了，但是直到八世纪才传到外界，才被阿拉伯人所掌握。公元751年，唐朝大将高仙芝率领的几万军队在怛罗斯（今哈萨克斯坦江布尔）被黑衣大食（阿拉伯阿拔斯王朝）军队打败，大批唐军被俘，其中就有一批造纸工匠。他们被带到巴格达，阿拉伯人通过他们学会了造纸，并传播到各地。从此，中国的造纸技术完全取代了古埃及流传下来的纸莎草造纸。要不是这个偶然因素，中国造纸技术的外传或许还要晚很多年。若中国积极主动传播自己的文化、技术，今天在世界的影响肯定会大得多。类似的例子还有很多。

今天我们讲“一带一路”对文化的影响，要明确以下四个方面：

第一，“一带一路”不是张骞通西域。西汉张骞出使西域主要是出于政治、军事的目的，其最大的贡献就是使中国拥有了新疆和中亚。难道在今天我们提出“一带一路”，是还想拥有什么地方么？第二，“一带一路”不是丝绸之路的延续与再造。丝绸之路主要的动力不是在中国而是在外国，是中亚、西亚、波斯、罗马需要中国的丝绸，而不是中国需要把丝绸推销出去。中国历来没有通过外贸来盈利的观念，丝绸之路真正的利益既得者是中间的商人。第三，“一带一路”不是郑和下西洋。郑和下西洋也是出于政治的目的，至少主要是为了宣扬国威，或者是为了加强永乐皇帝的政治合法性。而我们今天的时代不需要这样做，不应该这样，也不可能这样做。第四，“一带一路”不是新马歇尔计划。二战结束后，欧洲人接受美国提出的马歇尔计划是没有选择的余地，只能接受，是毫无争议的。而今天要不要接受“一带一路”，很大程度上是取决于对方。“一带一路”光有中国的积极性和努力是不够的，还要思考如何使对方愿意合作，并保持下去。

所以我们中国文化交流的历史、文明的历史进程，带给我们更多的是教训，而不是经验。归纳起来，我认为首先应该全面地开放，其次应该积极地、客观地对外介绍和传播中国文化，让外国人能够更加全面地了解中国文化。与此同时，对外国先进的文化，中国应当主动地吸收。在今天的世界上，再想用和平的方法直接传播意识形态和信仰，是不可能的。世界上多数人已经有了自己的宗教信仰和价值观念，并且绝大多数人不是处于水深火热或饥寒交迫之中，除非通过武力强制的手段或者高价收买，才可能改变其中的小部分人。历史上意识形态和宗教的传播，除了出于对方的需要，其他无不通过暴力、战争、经济手段，而这样的时代已经一去不复返了。

我们今天讲“一带一路”文化建设，主要还是要依靠文化商品与文化服务，我们的创意应该体现在这些方面。如果能使这些文化产品和文化服务有更多的中国元素，中国的价值观就体现其中了。如果对方购买了我们的文化产品，接受了我们的文化服务，实际上就程度不等地受到了中国文化和中国价值观的影响。这是和风细雨，也是别人心甘情愿接受的。就像今天的美国人、日本人、韩国人，如果他们一本正经地来中国传播他们的文化、意识形态、价值观念，我们肯定会抵制，甚至连门都不让他们进，但是大片、美剧、电玩、绘本、“韩流”滚滚而来，观众、粉丝、好奇者会争先恐后花钱，一遍遍看，一遍遍玩。

一方面，文化只有转化为产品和服务才能形成软实力，才能服务于“一带一路”。另一方面，“一带一路”的优先和重点地区大多有与中国不同的文化和宗教信仰，如巴基斯坦。如果我们一味强调文化的意识形态、价值观念、中国特色，连交流的作用也未必能达到，甚至会引发文明冲突，破坏大局。

人口国策的坚持与调整[1]

1994年7月，我在当年第四期《世纪》发表了《中国人口：21世纪的忧思和希望》一文，曾斗胆预言和建议：

> 所以我们有理由相信，在经济发展的前提下，适当调整人口政策，能使中国的人口得到更合理的控制。在人口适度增长的同时，中国人民的生活水平也能够有较快的提高。到21世纪中期，中国人口将达到顶峰，然后逐渐有所下降，最终维持在一个比较理想的数量。21世纪将使我们对人口的忧思成为过去，而将希望变为现实。
>
> 在具体操作上，可以适当调整生育政策，逐步改为“鼓励一胎，容许二胎，杜绝三胎”，在推行中更多地采用经济手段，如税收、福利方面的优惠和限制；对一胎率高的地区更应该及时转变，以避免一孩家庭的后遗症；在本来就要鼓励人口迁入的边远地区或垦区还可更灵活些，以保持人口的稳定发展和合理分布；同时要采取切实措施

1　本文原刊于《世纪》2010年第5期。

提高人口的素质，制止目前人口素质“劣化”的趋势。尽管这样做会使中国人口达到顶峰的时间有所推迟，人口总量也会比原定目标多一些，但对中国人民有长远的利益，是值得的。

十六年过去了，国家计划生育政策的实施也整整三十年了。一方面，改革开放使我国的经济取得巨大成就，人民的生活水平有了显著的提高，因此我的一部分忧思已经成了杞人忧天。

当初认为中国必须实行计划生育、减少人口的一个重要理由，是中国的土地和资源供养不了如此庞大的人口，所以中国的经济发展总是赶不上人口增长的速度。我曾不止一次指出，中国的人均土地和资源的占有量并非世界最低，中国的比较人口密度也不是世界最高。在人均土地和资源占有量比中国低，而比较人口密度比中国高的国家中，也包括主要的发达国家。另一方面，在人口增长速度比中国高的国家中，同样有经济增长速度比中国更快的。造成中国经济发展赶不上人口增长速度的主要原因，并不是人口数量太多，或增长太快。中国的计划生育政策该不该坚持不变，以及要如何实行计划生育，应该从中国人民的根本利益和长远利益出发。

如今，相当一部分国人的生育观念和生育方式已经发生重大变化，至少在上海等发达城市，与三十年前已不可同日而语。一方面是老龄化速度惊人，另一方面是年轻一代晚婚、晚育、不育，即使完全放开二胎，也未必能扭转人口负增长的颓势。为什么不能根据各地的特点，实行地方性的人口政策呢？

一孩家庭究竟有没有后遗症？政府至今没有提供有说服力的调查报告和相关数据。一些争议往往集中在“八零后”“九零后”这些独生子女本身，但是对他们的研究往往也只关注城市青年和大学生，只列举典型事例，却很少从家庭、社会各方面作调查和分析。汶川大地震后，罹难的一孩家庭的脆弱性暴露无遗，由此导致的悲剧却没有引起应有的重视。当然，今后也会有大量家庭选择一孩模式，但基于自愿的选择必然已充分考虑到各方面的条件，与全社会强制推行所造成的后果迥然不同。“容许二胎”，应该是政策的底线，一孩家庭有一代已经足够了。

中国的人口分布极不均衡，从有利于地区开发和多民族共同发展出发，在同一地区应该实行同样的人口政策，不应人为制造民族间的差异和矛盾。一些边远地区本来人口稀少，对少数民族和汉族应该一视同仁。

至于我当初建议的“杜绝三胎”，是就一般情况而言，在今后相当长一段时间内仍应如此。但对人口稀少的边远地区、人口负增长趋势难以改变的地区、高度老龄化地区，也可以容许一些特殊情况。

传统文化的现代转换[1]

恩格斯在马克思墓前的演说中指出："马克思发现了人类历史的发展规律，即历来为繁芜丛杂的意识形态所掩盖着的一个简单事实：人们首先必须吃、喝、住、穿，然后才能从事政治、科学、艺术、宗教等等。"任何一种文化，都是一个群体在自己的生产、生活、生存的过程中形成和发展的，都离不开某种特定的生产、生活和生存方式。一旦这些方式发生变化，特别是社会整体性的变化，必然导致相应的物质生活和精神生活的变化；经济基础的变革必然导致上层建筑的变革。

中国的传统文化产生、发育、完善于以小农经济为主的农业社会，由于这一社会长达两三千年，传统文化也得到长期延续。但当中国进入工业社会后，传统文化在很大程度上已经不再适应。即使是其中某些依然能起积极作用的精神因素，其物质层面和具体内容也不得不进行转换。在后工业社会、信息社会迅速成为现实时，如不进行这种转换，传统文化与当代文化之间的断层将无法填补，必

1 本文原刊于《河北广播电视大学学报》2016年第1期，原题《传统文化的现代转换——以孝道为例》。

定造成传统文化的迅速消失。

再则，中国的传统文化本来就存在脱离社会大众、脱离实际的先天不足。以其主体为例，儒家文化一向主要作用于精英和统治阶层，而不是草根和大众；注重观念和理论，而不是社会实践；局限于华夏（汉族），而不包括“蛮夷”。实际上，很多儒家的理论和观念即使在当初也没有完成或实施与现实的结合。特别是在儒家学说取得独尊地位后，儒家学者习惯于将符合主流意识的社会现象和民间一切美德都归功于儒家的教化，越来越强调精神层面，忽略了这些观念的社会功能。

所以，今天我们不仅需要正确理解传统文化的精神实质，肯定它在历史上曾经起过的积极作用，还要考虑如何使它适应现实的需要，使之形成社会实践。转换一旦成功，就能在中国产生巨大的效益，解决其他文化无法解决的难题。

以孝道为例，其本质究竟是什么呢？孟子在评价舜结婚的事情时说：“不孝有三，无后为大。舜不告而娶，为无后也，君子以为犹告也。”（《孟子·离娄上》）这段话的意思很明白，所以君子认为他做得对，保证“有后”比事先告知父母更重要。舜结婚前没有告知父母，是因为怕不结婚会无后，这样做等于告知了父母。可见孝道就是要保证家庭有后，而无后就是最大的不孝，这是当时君子们的共识。这是因为在先秦时代，存在生产力不发达、人口普遍营养不良、医疗保健水平很低、妇女婚龄晚、人口有偶率低、产妇和婴儿死亡率高、产妇哺乳期长、人口平均预期寿命短等各方面的不利因素，要保证每个家庭都有后很不容易，要使一个家族人口繁衍更加困难。

《易传》称:“有万物，然后有男女。有男女，然后有夫妇。有夫妇，然后有父子。有父子，然后有君臣。有君臣，然后有上下。”也是将家庭及生育繁衍作为君臣关系的前提和基础。而《说文解字》将“孝”字解释为:“善事父母者。从老省，从子，子承老也。”更多是从文字结构的角度出发，因而只是应用了孝道的普遍要求之一，属表层现象，而非精神实质。另一方面也应该看到，到了《说文解字》问世的东汉时代，随着物质条件的进步和人口总量的增加，无后的矛盾已不如春秋战国时那么尖锐，因而社会对孝道的要求更多注重于精神层面。

汉朝标榜“以孝治天下”，不仅皇帝的谥号都带“孝”字，更表现在采取了一系列政策奖励，以保证百姓有后。如从汉高祖开始，经常减免家中生了孩子的户主的徭役，作为对增加人口者的奖励，同时对孕妇给予一定的奖励。汉惠帝时曾下令，对三十岁还不出嫁的妇女征收五倍的人头税作为惩罚。

此外，为了使妇女能早婚早育，法定婚龄定得很低。北周建德三年（574）、唐开元二十二年（734）和北宋天圣年间，都曾将法定婚龄降至男十五岁、女十三岁，自南宋至清代的法定婚龄都是男十六岁、女十四岁。

在特殊情况下，统治者甚至会采取极端措施，而不顾某些伦理道德标准。如西晋武帝规定，女子年满十七岁父母还不嫁的，由官府配婚。北齐后主竟下令将“杂户”中二十岁以下、十四岁以上的未嫁女子统统集中起来配婚，家长敢隐匿就处死。唐太宗贞观元年(627)曾颁布诏书，规定二十岁以上的男子、十五岁以上的女子，在对配偶的服丧期满后，地方官应负责督促、帮助或强制他们再婚，还将之作为官员政绩考核的重要内容。

由于孝道必须保证“有后”的观念深入人心，成为社会的共识，甚至可以打破种族与政治的界限。张骞首次出使西域时被匈奴人扣留了十余年，他始终忠于国家，但并不拒绝匈奴人配给他的妻子，并且生了孩子。另一位汉使苏武出使匈奴，被扣押十九年，历尽艰辛，坚贞不屈，多次以死抗争，但也娶了匈奴妻子。归汉后苏武的儿子因罪被杀，他丧失了继承人。在得到汉宣帝特许后，苏武用金帛赎回匈奴妻子生的儿子。这位苏通国被封为郎，成为苏武的合法继承人和苏氏家族的传人。

在天翻地覆、国破家亡之际，古人总是将家族的延续放在重要地位，当作尽孝的实际行动。在研究中国人口史时我发现，往往每当战乱一结束，就会迎来人口迅速增长，原因之一就是在战乱之中、颠沛流离之际，育龄妇女的生育并未停止，甚至为了保证有后而加紧生育、多生育。即使个人因忠于国家而无法尽孝，也会通过家族的努力或特殊手段争取忠孝两全。例如南宋的忠臣文天祥，自己舍生取义，杀身成仁，为宋朝尽忠，但允许其弟文璧出仕元朝，为家族尽孝，保证文氏家族的绵延。

早在公元初，汉朝已经拥有六千万人口，以后多次遭遇天灾人祸，人口数量曾急剧下降，但每次都能得到恢复，并且不断增加，在十二世纪初的北宋末突破一亿，十七世纪初的明代接近两亿，在清咸丰三年（1853）超过四亿三千万。中国的人口数量始终在世界人口中占有很高的百分比，汉族一直是世界上人口最多的民族，虽然这有多方面的原因，但孝道无疑起着独特而重要的作用。

如今，现代化国家和发达地区都面临着生育率降低、人口数量下降、老龄化加剧的难题。随着国民收入的提高、社会保障的稳定、信息交流的便捷、职业竞争的激化、家庭观念的淡薄，这种现象日益严重，找不到解决的办法。一些国家企图通过经济和法律手段加以缓解，但事实证明：经济手段作用有限，对衣食无忧的中产阶层更无计可施；而法律只能保护已有的生命，却无法强制人们生育。

今天中国也面临着这样的难题，在一些发达地区和城市，人口已多年处于负增长。晚婚晚育、不婚不育、丁克家庭已占相当比例，并有扩大的趋势。如果仅仅讲物质因素和现实需要，这类现象是很难改变的。例如，如果说生育是“养儿防老”，但随着社会保障体系的建立、养老服务的社会化、人均寿命的延长、老人健康条件的改善、人际交流的便捷、文化生活的丰富，这种观念的确已经没有必要。如果计算一下生育和抚养一个孩子的直接和间接的成本，在绝大多数情况下无法得到政府和社会的补偿。即使生育和抚养的成本全部由社会承担，甚至再给予额外补贴，对只考虑个人的自由、身材的健美、生活的舒适、职场的竞争、成功的追求的人，也无济于事。

如果将传统的孝道转化为现代的价值观念，即保证家庭和社会的繁衍是每一个人的义务，更是青年不可推卸的职责，若我们的后代从小就受到这样的教育和熏陶，将孝道融入逐渐确立的基本价值观念，将家庭和睦、生儿育女、尊老爱幼看作人生不可或缺的内容和应尽的职责，而不仅仅从个人的幸福考虑，或者在物质方面斤斤计较，那么这种孝道就能在中国发挥独特的巨大作用，有望解决现代化过程中至今无法解决的难题。而如果我们只是将孝道看成尊老爱幼，那么这是人类共同的美德，未必一定要依靠传统的孝道。

但这并不意味着对传统的孝道应全面继承，照单全收。对孝道的历史性局限，必须在转换过程中摒弃，并且在实践中继续消除其影响。

由于“无后”的“后”原来只指男性，而不包括女性，所以如果生了女婴，无论连生了几个，非但不能被当成“后”，而且会被视为不吉不祥，当成家族的不幸或遭受的惩罚。富贵人家往往因此而溺杀女婴，以维持家族的颜面。贫困家族则为了保证未来的男婴能得到供养，而溺杀并不需要的女婴。无男性“后”，也是休妻和纳妾的合法理由。由此造成中国人口长期存在的高性别比，实际上降低了人口的有偶率、生育率和净繁殖率，成为中国人口增长率始终不高的原因之一。

在实施计划生育政策阶段，这一陈旧的观念依然在起作用，特别是在农村和贫困地区，多数家族往往要生到有男孩为止，这成为一孩政策的最大阻力。如果这一观念不改变，连续生育两个女孩的家庭也会坚持生第三胎，对女性的歧视也难以消除。

此外，传统孝道片面强调父为子纲，倡导愚孝，甚至制造出虚伪、愚昧的“二十四孝”，今天非但不应提倡，对其中违法、残忍的做法还应坚决制止，依法惩处。

有些礼仪已经将父子长幼关系推到极端，虚伪、荒唐，甚至违背人性。如儿子给父母写信都要自称“不孝男”，难道真自认不孝？父母难道真当他不孝？如果这还算自我谦卑的话，儿子在父亲去世发出的讣告上的标准写法是“不孝男某某罪孽深重，不自殒灭，祸延显考某某痛于某月某日某时去世”(我罪孽深重，自己不死，却连累父亲死了）。这是什么逻辑！实际上这是谁也不会当真的假话废话，却一代代传了那么久，难道还要继承下去吗?

移民史研究的精细化和地域化[1]

我要讲的题目，是移民史研究的精细化和地域化。

为什么要讲细化呢？因为我自己是有体会的。当我们开始研究中国移民史的时候，研究到“湖广填四川”，那时遇到的难题就是能够利用的数据太少，正史上找不到几条记载，能够找到的相关论著也很少。所以我认为，尽管今天已经有了很多相关论著问世，但是对这么一次在中国历史上有非常大影响的，在世界史上也少有的这么一次大移民，还远远不够。

我们现在应该把它细化。怎么细化呢？比如首先在时间上，“湖广填四川”这样一个漫长的阶段并不适合每一次具体的移民。究竟这次移民是从清朝初年算起呢，还是要从明朝算起呢？具体的某一支移民也是如此。实际上，这一方向的移民早就存在，本身有一个时间的进程。又如这次移民是什么时候结束的，要不要延伸到今天？这是在时间上存在的问题。

那么在空间上呢？也是如此。以前一个传统的说法：“江西填湖广，湖广填四川”，实际上就在四川定居或转迁的人口来讲，他们不

1 本文是2016年7月21日在重庆荣昌“填川移民文化学术研讨会”上的发言记录稿。

仅仅来自湖广，还来自更多其他的地方，而且这个移民的迁移过程，并不是直接从始迁的地方就定居到了某一个地方。不久前陈世松先生把他的大作先发给我看了，实际上就有一个问题。我们以前一般认为移民要有集散地，最后才有定居的地方，实际上真正仔细观察研究，要细化这一过程，不是那么简单的。

我没有深入地研究，有一些移民很可能是在荣昌定居数年后，再从荣昌向其他地方迁移的，那么荣昌就不是简单的集散地。它也许可以说是上一次移民的集散地，却是下一次移民的出发地。那么第二次或第三次移民在迁到其他地方的时候，他们所携带的文化、所起的作用，跟当初从湖广或者从其他地方直接迁过来的移民已经有了区别，已经包含了在荣昌接受或形成的其他文化因素。

因为有一天被我们称为非物质文化遗产的，也许在迁移过程中间已经本土化，然后再传播出去，所以不是简单的一个集散地就能涵盖它的内容的。而且我们还发现，到了清朝中期，有些早期的移民又迁走了，有的中途就回去了。所以对空间范围来讲也是要细化的，而不是简单地套用传统模式，或者局限于“湖广”“四川”两个概念，各地起到的作用实际上是不同的。我在广东参加他们讨论南雄珠玑巷的移民时也遇到这样的问题，广东有些地方的移民也不是直接从传说中的珠玑巷迁来的，大多数是来自其中的某一个地方，实际上这些地方可能是移民的集散地，也可能是定居后再迁出的地方。

从具体的移民事件来讲，也需要细化，因为实际上移民的情况是相当复杂的。在四川还有这样一种现象，甚至在彝族里面也有，明明不应该算作移民，可他们也自称移民后裔。我在其他移民地区研究中也碰到这个问题，实际上反映了一种文化上的从众心态，也反映了在移民与原住民之间、汉族和少数民族之间，始终存在着文化上、经济上、政治上以及心态上的不平衡，所以才可能出现这样的现象。所以有些移民的出发地也好，聚居地也好，更多的不是一个历史事实，而是一种文化的趋向，或者说是一种文化的符号，这些也需要细化。总而言之，我觉得我们这个移民史研究要深入，那么一定要细化。

除了细化，还要地域化。为什么要地域化呢？我在读初中时对四川的移民有了第一个印象，因为语文课本上面有朱德写的回忆他母亲的文章，里面讲到他家祖上是“湖广填四川”过来的。在我对移民历史稍有了解后，我感觉到“湖广填四川”不是写一本书或几卷书就能记载的，它是我们中华民族一首伟大的史诗，应该有无数的著作，有大量的记载，应该建很多博物馆、很多纪念碑，才足以记载下来，传之后世。当初重庆湖广会馆建博物馆的时候也找过我，还有几个其他的地方也找过我，但是大家遇到的最大问题是，史料在哪里？具体的记录在哪里？实际上，通过地域化的研究就能在很大程度上解决这个问题。因为早期的移民绝大多数是不识字的，是底层的贫民，所以他们具体的行为、他们所产生的影响，更多的不是保存在官方的史料或者文字记载中，而是保留在民间社会，保留在当地。所以如果不是根据一个地方实际还存在的文化，实际还存在的遗物、遗址，以及口耳相传的这些记录来研究，你就没有办法客观全面地反映出这次大规模的、持续多年的、对社会有深刻影响的移民。而且各地还存在着非常大的地域差别，有些地方可能只是一个移民的集散地，或者只是路过，但是有些地方实际就是一个新的移民的出发地。还有些地方则完全是由移民形成的，没有移民就没有这个地方。这些你一定要找书面记录，找官方史料是找不到的，所以一定要通过地域化的研究，充分运用社会学的、人类学的、地理学的、考古学的、民俗学的各方面研究手段和办法，才能够揭示出这些事实。而且地域化的研究对当地的影响最大，更容易受到当地民众和政府的重视。今天大家都在说要记住乡愁，乡愁是什么？乡愁就是人对故乡的感情。故乡的感情来自哪里？来自故乡的传统、故乡的文化。如果根本不了解这些，那就是伪乡愁，那就是假的。通过在本地踏踏实实地做一些地域化的研究，就有可能取得这些方面的成果。现在要复原和保护非物质文化遗产，要弘扬本地民间的优良文化，都离不开深入的研究。在荣昌，在重庆，在四川，影响最大的就是这次移民。

这两个方面，我认为是我们进一步开展移民史研究的关键。

最后还有两分钟，我想顺便谈一下上午参观考察的一点体会。非物质文化遗产与移民有密切的关系，有的就是移民带来的，但是它与移民出发地的非物质文化遗产又有很大的差别，它经过这么长的时间已经本土化了。现在从政府到民间都出于好意，想保存这些文化遗产，我认为一定要区别清楚，保存与利用开发是两回事。

我们现在都很重视一个地方的文化软实力，但要明白，不是存在的文化或文化遗产就是文化软实力。关于这一点，我专门与软实力理论的创始者、美国哈佛大学的约瑟夫·奈（Joseph Nye）教授讨论过。他说，你们中国的文化应该是很大的软实力来源，可是你们没有把它变成文化产品。我很赞成，并表示还应将其变成文化服务，他也赞成。你们看看世界上统计的那些软实力排名中，中国排在很后面。什么原因呢？今天世界的文化产品中，中国提供了多少？很少。我们不仅落后于英国、美国，连日本、韩国都不如。我们的非物质文化遗产里面可以开发出很多文化产品，这些文化产品能销出去，销到外地、外国，才能形成软实力，既能获得利益，又能传播文化。文化产品和文化服务需要创新，不能照搬非物质文化遗产，但保护时必须严格按照原汁原味，延续传统，不容许有任何改变。政府和社会就要保证必要的条件，不能让传承人自谋出路，自负盈亏，两者应该严格区别开来。那么，我们本地的非物质文化遗产将既可以得到保存，又可以在未来的建设发展中发挥文化软实力的作用。

我对海派文化的几点看法[1]

海派文化的研究已成一门显学，对海派文化及其研究成果的应用也方兴未艾，对海派文化的基本概念还有厘清的必要。

作为一种地域文化，即一个特定的空间范围内的文化，海派文化的形成和发展限于一个特定的空间范围。而一种地域文化之所以能够成立，就在于它与此地域范围之外存在着明显的差异。

就历史阶段性而言，一种地域文化也限于一个特定的时间范围，因为它不可能自古至今都存在，或者都不发生变化。一般来说，它只能产生在它与周边其他地域文化的明显差异形成之后。而一旦它与周边地域文化的差异消失，它作为一种地域文化也就不复存在。

正因为如此，海派文化不等于上海文化。

就时间和空间范围而言，上海文化只能产生在上海这个地域概念形成之后，并且随着这一概念空间范围的变化而变化。当上海刚形成一个聚落时，它是华亭县的一部分。即使以后有了上海镇，镇辖范围内形成了一定的文化特色，但也只是华亭文化的一部分，至

1　2016年9月13日，上海市政协文史资料委员会和虹口区政协共同主办“多元、开放、包容、创新——海派文化传承与发展研讨会”。本文为作者在该研讨会上的主旨演讲稿。

多称之为华亭文化的一个亚区。到元朝设置上海县，尽管其辖境扩大，已足以形成自己的文化特色，但也有一个产生和发展的过程。设县之初，境内的文化肯定与所属松江府的其他县差异很小，即使到了开埠前的清朝中期，上海县境内的文化特色依然与松江府属或苏（州）松（江）太（仓）道内其他县相似，未必形成了独特的文化。

现在有学者强调这一阶段上海文化的市镇、商业、港口、贸易、沙船、江海关等特色，其实除江海关的设置得益于上海在其管辖范围（从浙江乍浦至江苏连云港）地位适宜外，其余各项都不是上海的专利，而是长江三角洲和江南长期发展的结果。另一方面，即使在上海县境内，市镇与乡村之间的文化差异远大于上海与周边县之间的文化差异。如果可以将当时上海县境内有代表性的文化称为上海文化，就应该包括市镇文化和乡村文化两个方面。同样，1927年上海建市后，市辖区的范围也包括一部分镇、乡、村，而不仅有租界和都市。至1958年上海市扩大至原江苏省松江地区，形成郊区十县，六千平方公里的辖境中大部分是乡村和海岛。即使这些地方越来越多地受到由上海中心城区辐射而来的都市文化的影响，但直到今天，二者的差异依然很大，并且会长期存在。如果讲上海文化，难道能不包括都市文化以外的文化类型吗?

海派文化最大的特点是强烈而丰富的外来文化因素，而在1843年开埠以前，西方文化和异域文化是不可能大规模进入的。利玛窦与天主教的影响范围有限，而且并没有延续。而要是没有租界形成后各地移民的大规模迁入，并持续百年，本地文化也不可能代表中国文化的先进水平，海纳百川也无从谈起。抗战胜利后，日本侨民被遣返，一部分欧美侨民与犹太人迁离。1949年上海解放后，大部分外国侨民、犹太人、俄国人陆续迁离，上海与台湾交通断绝，与香港的人员来往和文化交流受到严格控制。1958年后，外地户籍已不能自由迁入上海，海派文化中的外来因素已成批判肃清对象，至“文化大革命”时期扫荡净尽。因此海派文化的存在时间，只能是在1843年至1949年间，此后只是海派文化的残余阶段。

作为一种都市文化，海派文化的载体是城市，其地域是英租界、法租界、美租界和以后的公共租界，以及相邻的华界中南市、闸北、西区的城市部分。这一区域是逐步扩大的，如越界筑路实际扩大了租界的范围；1927年后实施的大上海计划，建成了江湾地区的新城市。但也有缩小，如日本侵略军的轰炸和破坏，使闸北大片街道和建筑物成为废墟，以后成为外来贫民聚居的棚户区。

海派文化也影响到这一空间范围之外，如苏南、浙北（西）的一些城镇对上海的时尚亦步亦趋，唯海派马首是瞻。有些地方被称为小上海，不仅在于工商经济发达，也包括文化上的相似性。但这些地方还谈不上是完全的海派文化区，也还够不上是海派文化的文化岛，毕竟当地文化还是主流。

在海派文化区内部，也存在着区域性特色和差异。以虹口地区为例，公共租界北部与相邻华界融为一体，一度是左翼文人、革命作家、文学青年及其相应活动场所汇聚之处。由于日本侨民聚居，日本文化、风俗和生活方式的影响也较大。而有些地区集中了欧美、俄国、犹太与中国的上层人物，西化程度高，本土文化影响有限。上海的产业分布、职业结构、移民定居、外侨聚居、建筑类型、通用语言或方言，都有很强的地域性，这就决定了海派文化区内各个亚区的文化特色。

海派文化产生在这样一个特殊的时代和环境之下，免不了存在其消极的一面，甚至在当时就有其糟粕。海纳百川，泥沙俱下，在一些行业、人群、区域形成积淀。“海派”一词在当时就不完全是褒义，有些场合就是贬义。譬如学术界有京派、海派之争，互不相能，但整个学术界更多肯定京派。称某人“海派”，往往是华而不实、有名无实、只图表面，甚至是招摇撞骗的代名词。如对某些“海派教授”的描述，就是说中文时离不开英文，做学问剪刀加浆糊，西装笔挺，皮鞋锃亮，左手斯的克（手杖），右手大皮包，派头十足，出入舞厅戏馆，兼营股票黄金。

所以今天上海的文化建设，发展上海文化，形成上海精神，对海派文化是取其精华，弃其糟粕，绝不是全盘继承。即使是还适用于今天的那部分，也应与时俱进，不断更新与创新。即使还是用海派文化这个名称，那也应该是新海派文化，或者是二十一世纪的海派文化。

释“小官巨贪”“清水衙门”[1]

这几年媒体不断刊出新闻，并且一次次刷新纪录：某处长家里抄出上亿现金，某村干部一下子贪了几个亿，还有某大学招生办主任的赃款有好几千万。于是人们感叹“小官巨贪”“清水衙门不清”，或者觉得不可思议，更有人据此得出结论“蚊子、苍蝇比老虎更厉害”，“高校成了腐败重灾区”。

其实贪污能否得逞、赃款多少，与职务高低、官阶大小、衙门是否清水，并无直接关系，更不成比例，古今中外莫不如此。真正起作用的无非权、钱两项——实际权力有多大，实际能支配的钱是多少。只要存在着不受监督的权力，又有不受审计的财源，就存在着贪污的可能，而贪污额的大小正是与这样的权力和财源成正比的。

在特殊条件下，实际掌握权力的大小并不与职务、职权、级别一致。中国历史上一度操控国柄的是名义上的奴才太监，而理论上的最高统治者皇帝却成了毫无实权的傀儡。现在有些处长、局长、董事长、部长的权力，实际掌握在妻子、情妇、秘书，或者某一下属、后台手中，那些人名义上不是官，更不是大官，却是真正的权

1　本文原载于2016年4月11日的腾讯网《大家》专栏，原题《小官都是如何成为巨贪的?》。

力所在。

同样，同一职务、级别的官在不同部门、不同阶段或不同制度下，能够掌握、动用的财源也有天壤之别。有的部级领导一年能支配的钱不过数十、数百万，但什么级别也没有的村主任掌握的土地收入就有上亿甚至几十亿。1996年我当了复旦大学中国历史地理研究所所长，行政级别属正处，学校拨给所里归我支配的经费是每年八千元；到了实施“211工程”时，我管的经费超过一百万。2007年起我当了图书馆馆长，行政级别还是正处，但管的经费有两千多万，最多的一年超过五千万。

但在财务制度严密、审计手续严格的条件下，即使行政主管批了经费，财务也可以拒绝付款；即使钱已经花了，审计人员也会提出追究。而在支付手续规范的条件下，超过一定数额就不能用现金支付，整个流转过程都有案可据，有账可查。

前些年一度盛行“发红包”，参加一次研讨会、论证会、评审会、发布会、座谈会，或连名称也没有的什么会，无论是参加者、发表意见者、宣读论文者、主持会议者，还是记者、摄影者，或莫名其妙进入会场者，都能拿到一个数目不等的密封或敞开的信封，一般其中都有若干张百元大钞，被称为论证费、咨询费、讲课费、稿费、交通费、辛苦费或什么费，既不需要签名，一般也不会有人当场打开清点。有次我与本校某教授参加同一会议，到家后接到他的电话，问我刚才会上收的信封里有多少钱。我还来不及打开，于是立即数清后告诉他，他说他的信封中缺了一百元。以后遇见他时想起此事，问他有何结果，他说经查询，主办方已补给他。由此我想到这可是个大漏洞，如果经办人每人都少放一两张，而有的单位会议频繁，每次发放数额颇大，积少成多，不当官的人也能贪污一大笔。但这个漏洞并不难补，现在发钱都得登记身份证，通过银行转账，要贪污就没有那么容易了。

衙门是否属清水，首先要看有多少水，其次得看水是否清。以前人们心目中的清水衙门，大多是指那些无钱无势的部门，并且又是正人君子、书呆子集中的地方，如某些不经管钱财、不负责审批或处理事务的政府部门，礼仪性的、安置性的办事机构，学校、学术团体等。但今非昔比，有的单位的“水量”已不小，如大学的预算都已上亿，甚至几十、上百亿。招生部门表面无“水”，却能以权换“水”，水源充沛。有的社团办了三产，进出的钱远远超过正常经费。至于是否清，并非决定于这些单位的大多数人，而是具体管“水”的人。由于这些单位长期无“水”缺“水”，往往不引人注目，无人监督。而且在这些单位，管“水”并非主业，多数人不懂或不重视如何管“水”，反让贪污分子有机可乘。像大学中的基建、采购等部门或人员，长期处于边缘，领导和师生对他们的业务大多并不了解，也缺乏监督的意向和能力，一旦“水”多了就容易出事。

另一类清水衙门不清只是假象。政协领导或委员涉贪涉腐的报道时有所闻，连全国政协也有两位副主席、多位委员被查，有人因此就认为政协也不是清水衙门。其实到目前为止，这些人被查处的原因都产生在调入政协之前，与政协无关。正是调入政协取消了他们的权力、断了他们的财源，才扫清了查处他们的障碍。

所以“小官巨贪”“清水衙门不清”虽往往出乎善良人的意料，却不能因此而得出小官皆贪、小官更贪、蚊子比老虎更厉害或清水衙门都不清的结论。是否属“重灾区”是比较而言的，要作数量和比例的分析，不能凭印象和个案。归根到底，权力不论大小，都应该关进笼子；钱财无论多少，都必须在阳光下流动。

择校与“学区房”

择校的意思就是选择学校，但在当今中国，主要是指在中小学阶段为子女选择学校。由于不想“输在起跑线”，如今的择校已提前到选择幼儿园。

只要学校之间存在差距，选择较好的学校是人之常情，贩夫走卒、达官显贵，毫无例外。中国人择校，外国人同样择校。不同的是，不是所有的人想择就择得了。有些人要费九牛二虎之力，甚至为之倾家荡产，最终也未必如愿；有些人却不必亲自过问，就能随心所欲。当关系、权力的作用受限时，买“学区房”就成了不二法门。一旦教育行政部门要改变规则，已购的“学区房”不能通向中意的学校，自然会引起有关的和无关的家庭的恐慌和愤怒。

择校并非中国特有，只是在中国更有特色而已。哪些国家、什么时候不再需要择校呢？无非要两方面条件：一是公立学校之间差距很小，不值得刻意选择；一是家长和学生相当理性，会选择真正适合自己的学校。这两点恰恰是中国目前最缺乏的。

中国现在实行九年义务制教育，小学、初中都属这一阶段。义务制教育是免费的，花的都是纳税人的钱，理应公平，各校的条件设施、师资水平、教学质量等应该大致相同。但实际上，城乡之间、地区之间、各校之间差距很大，名校、重点学校、实验学校与普通学校间往往有天壤之别。所以，我在多年前就建议国家制定并公布义务制教育的最低标准，各地各校必须达到；又建议将义务制教育的均衡发展放在首位。在均衡化还没有实现前，先采取一些措施缩小校际差距。如可以将名校、重点学校与周围若干其他学校划为一个学区，所有超出标准的设施在学区内共享，向其他学校开放；特级、一级教师在学区内流动，使每所学校都有他们开的课程；各校课余的兴趣班、辅导班、讲座、竞赛向全学区开放。与此同时，要将义务制教育的最低标准不断提高，完全淘汰那些长期无法达标的学校。如果绝大多数中小学都能达到高水平的均衡，择校的意愿和动力就会大大减少。

与此同时，国家应该允许并鼓励发展民办教育，包括允许民间资本办营利性的学校。在义务制教育阶段当然应该以公办为主，但只要国家规定的标准和质量能得到保证，即使学校是以营利为目的也未尝不可。家长选择这类学校完全是自愿付费，也减轻了义务制学校的压力，对其他学生无害有益。现在那些小留学生将成百亿的钱送到外国，却未必能得到良好教育，为什么不能让他们在当地获得优质教育资源，把这些钱花在国内呢？

家庭方面也要学会理性择校，而不是一味追求名校。如果学校之间的差距缩小了，总体质量相差不大，就能显示出自己的特色。

家长应该根据孩子的特点、兴趣和家庭的实际情况，为他们选择最合适的学校。当中国成为发达国家时，估计也只需要一半大学毕业的人力资源，没有必要也不可能让每个孩子都将考大学、考名牌大学作为目标，所以为孩子选择学校时，还应考虑考试成绩及智育以外的因素。一般来说，越是名校竞争越激烈，但并非每个孩子都适合激烈的竞争，也并非竞争越激烈机会越多。五十二年前我在一所重点中学实习，所教的初一一个班级中有二十多位同学在小学当过大队干部，进了中学有的连小队长也当不上，也显不出什么优势。第二年我到一所新建的普通中学工作，当初一的班主任。全班学生中没有一个在小学当过大队干部，只找到一个当过中队委员的，于是只能找一位当过小队长的学生来当中队长，后来他当了大队委员，能力很强。如果当初他的父母让他硬挤进重点中学，恐怕只能垫底，反而不利于他的成长。

至于现在已经存在的“学区房”，虽然大多出于民众自发，但政府也负有一定的责任。当这种现象出现并愈演愈烈时，教育主管部门并没有及时发出警示，也没有对可能调整入学办法的方案和时间表进行公示，至少是默许了“学区房”的存在，并在实际上保证了“学区房”与进入特定学校挂钩。另一方面，政府部门也没有对房产商炒作“学区房”进行干预，或者明确宣布房产商的“学区房”品种属非法广告，完全无效，提醒民众不要上当。有些地方甚至是官商一体，在新开发区、拆迁、棚改项目中大打“学区房”牌，以“学区房”引诱民众搬迁，或接受不平等条款。既然政府和教育部门负有一定责任，就不能说变就变，损害这部分民众的利益。同时应该有明确的时间界限，避免“学区房”继续延续。家长要学会自我保护，在没有政府明确承诺或有法律效力的合同的保障下，不要再冒险购买“学区房”。

家庭购房、租房时，总得考虑孩子就近入学，或有其他就学的便利条件，为此而多花些钱是值得的。如果这类房屋也可称为“学区房”的话，那么在任何国家都会存在，是完全正常的。

第二编　历史·地理

天堂杭州

我1945年出生于浙江省吴兴县的南浔镇（今属湖州市南浔区），祖籍是绍兴。1950年初，父亲带着不满五岁的我回绍兴，往返都途经杭州，并住过两三天。这是我第一次见到这座城市，至今印象中还有当年的拱宸桥、城站（火车站）、钱塘江大桥、六和塔、西湖、灵隐寺、岳坟等。上学后有了些地理知识，知道杭州是浙江省的省会城市，省长周建人是鲁迅的弟弟，他们又都是我们绍兴人。还有浙江大学，听说中学老师中有读过浙大的，小学生是没有机会认识的。大人们提得最多的还是上海，去得最多的也是上海，连我的父母也先后去上海谋生，在稍能安居后就将我迁至上海上学。不过，“上有天堂，下有苏杭”这句话却是镇上人普遍认同并不时提及的，所以这也是我自幼形成的印象。

重访杭州已是二十世纪八十年代，我成了大学教师，当了先师季龙（谭其骧）先生的助手。先师祖籍嘉兴，但谭氏的祖坟在杭州灵隐寺后的山上，先师少年时每年都会随族人去杭州扫墓兼游玩。1946年他随浙江大学复员杭州，家住长寿路1号，到1951年秋转复旦大学任教。1940年3月他应聘到播迁贵州的浙江大学，与浙大的不少教授共事十年，患难与共，感情深厚。几次陪他去杭州开会、作报告或主持答辩，只要稍有余暇，他都会访友怀旧，谈及往事，有不胜今昔之感。二十多年来，我虽未在梅家坞品新茶、在虎跑汲泉水，但每年都少不了有友人馈赠的上品龙井，或在湖畔居楼上饮茶，连在东航航班的万米高空也能享受我预订的龙井茶水。我也曾在西湖畔小住，孤山间探梅，阮公墩夜游，河坊街观光，文澜阁访书，西泠社读碑。近年有机会泛舟西溪，更觉别有一番滋味。还有频繁的各种会议、论坛、讲座、报告、课程，拜动车、高铁、高速公路所赐，往往当天往返而有余，怪不得已有人大胆预测，杭州会与上海连成一片。

尽管我一直在体验“天堂”的生活，但明白“天堂”的来历，还是在从事历史地理研究之后，特别是读了先师的相关论著后。

杭州被称为“天堂”至少有千余年时间了。但在两千多年前的秦朝，杭州一带不过是南方一个普通的县，在中原人眼里还相当落后。

公元前210年，秦始皇在出游时“过丹阳（今安徽当涂），至钱唐，临浙江”（见《史记·秦始皇本纪》）。这个“钱唐”就是杭州的前身，在今杭州城区西湖以西北灵隐一带，而“浙江”就是今天的钱塘江。一个聚落从形成到成为县城是需要相当长一段时间的，由此可推断，钱唐这个聚落的出现还会更早。

但是从秦汉到南朝这八百多年间，钱唐一直默默无闻，甚至还不如周边的其他县。这是由于钱唐虽位于钱塘江边，却已经临海。那时钱唐以东的土地还没有成陆，今天的杭州湾也尚未成形。连接钱塘江两岸的渡口在钱唐的上游今富阳一带，因此钱唐并不处于主要的交通线上。今天的杭州城区，很多地方也没有成陆，钱唐是一个山中小县，到自己辖境内的交通也不方便，怎么可能得到发展？

钱唐之停滞落后，还与江南的人文地理格局有关。春秋时吴越相争，双方的都城和中心分别在吴（今江苏苏州）和会稽（今浙江绍兴）。到战国时越国灭吴国，越又迁都于吴。楚国奄有江东后，吴离楚国的都城寿春相对较近，晚期又是执掌楚国大权的春申君黄歇的封地，继续维持着地区中心的地位。因此秦朝设会稽郡，辖境虽包括钱塘江流域和山阴县（原越都会稽），重心还是在北部，郡治也设在吴县。西汉的会稽郡治所一直在吴县，尽管武帝灭东越、闽越后，会稽郡名义上的辖境已扩大至今福建省。东汉期间会稽郡一分为二，北部的吴郡沿用吴县为郡治，南部的会稽郡以山阴县为治所。处于二者之间的钱唐还是没有发展的机会。

除人口分布、开发过程和历史渊源等因素外，主要还是钱唐在交通和区位上的劣势阻碍了其发展。无论是首都长安、洛阳，还是原来的郡治吴县和以后的扬州刺史部驻地历阳（今安徽和县）都在北方，与钱塘江南的陆路交通都不方便，反是由沿海到山阴的海路更加便捷。直到东汉末年，中原士人南迁避乱，相当一部分人还是由海路直驶交州（今越南北部），或者由会稽入海南下的。

东晋、南朝以建康（今南京）为首都，钱唐离政治中心的距离大为缩短。“今之吴、会，昔之三辅”，钱唐所在的会稽郡已如汉代的“三辅”（京兆、左冯翊、右扶风三个中央直属行政区）之于首都长安一样，成为建康的近畿之地。但会稽郡的治所还是在山阴，而离建康更近的乌程（今浙江湖州）已成为吴兴郡的治所。由建康而南的移民沿太湖西的丘陵地带扩展，在东晋和南朝期间新建了好几个县，并越过钱唐向南、向东发展，僻处山中的钱唐并未受益。

开皇九年（589）隋灭陈，改钱唐郡为杭州，从此有了“杭州”这个名称。当年将郡治迁至余杭，第二年又迁回。到开皇十一年，杭州和钱唐县都迁治至柳浦以西，即今凤凰山麓的平原，有了充足的发展余地。隋灭陈后，将六朝都城建康城“平荡耕垦”，彻底毁灭后变为农田，将原来在建康的扬州治所迁至广陵（今江苏扬州）。以后才在石头城置蒋州，恢复了丹阳郡，但只辖三个县。而在杭州建的余杭郡却辖有六县，在江南地区的地位相对提高。

更大的机遇出现在二十年后，隋炀帝开江南运河，由京口（今江苏镇江）至余杭（即杭州改称），长八百余里。江南运河是隋炀帝开凿的大运河的一部分，由京口过长江，通过邗沟连接淮河，由通济渠可至洛阳，向西经广通渠可达长安，向东北由永济渠可达涿郡（今北京）。在一个以水运为主的时代，杭州成为大运河系统的起讫点，可以连通钱塘江、长江、淮河、黄河水系，到达首都及其他重要城市，杭州在全国的地位显著提高。

据《乾道临安志》记载，唐初的贞观年间（627—649），杭州的户口已有十一万人。到唐朝中期，杭州已被称为“东南名郡”，白居易更将杭州列为江南第一，“江南列郡，余杭为大”。杭州的繁荣得益于唐朝发达的海上和内河贸易，成为与广州、扬州齐名的通商口岸。而促使杭州城市人口增加和城市扩大的一个重要因素，则是居民的饮水困难得到有效的解决。由于杭州城所处的平原处于江海之交，有些地方成陆未久，地下水咸苦不能饮用，只有在山麓地带凿井方可获得甘泉，因而水源不足。唐大历年间（766—779），刺史李泌在今涌金门、钱塘门之间分别开了六个水口，引西湖水入城，形成六个井。白居易任刺史时又加开浚，使城市有了充足的饮用水源。本来杭州在夏秋之际易发生干旱，影响农业生产，白居易在西湖筑堤，利用湖水灌溉农田千余顷。白居易还写了不少题咏西湖风景的诗篇，如《湖上春行》《春题湖上》《余杭形胜》诸诗。离任后，还不时追忆怀念，写下了《留题天竺灵隐》《西湖留别》《九日思杭州旧游，寄周判官及诸客》《忆杭州梅花，因叙旧游，寄萧协律》《答客问杭州》等篇。随着这些名作的流传，西湖的美景名闻天下，逐渐吸引四方文人雅士和游客。到北宋时，苏轼两次任职杭州，写下更多佳句名篇。"杭州巨美，自白（居易）、苏（轼）而益彰"，这两位地方官兼诗人对杭州的贡献实在不小。

唐末五代时期中国陷入战乱分裂，杭州却获得意外的机遇，发展更上一层楼。907年，钱镠称吴越王，以杭州为都城。吴越国传了七十一年，其版图最大时不仅包括今浙江全省，还拥有今上海市和江苏苏州市境，南至今福建福州。此前钱塘江是浙西、浙东的分界线，江两岸分属不同政区，浙西的中心在今苏州，浙东的中心则在今绍兴，杭州的地位还不能与它们比肩。自钱氏将浙西、浙东合为一体，国都杭州自然成了共同的中心。持续的战乱还使国内其他重要城市，如长安、洛阳、扬州等受到毁灭性破坏。南唐的都城金陵

(今南京)，由于后主李煜没有向宋朝主动归降，亡国后残破不堪，到北宋时只留下“颓垣废址，荒烟野草，过而览者，莫不为之踌躇而凄怆”。而吴越由于主动效忠，纳土归降，杭州秋毫无损，笙歌依旧。

至唐朝后期，江淮财赋已成为朝廷的经济命脉。包括杭州在内的江南地区的经济实力虽已超过北方，但地方的赋税收入全部上缴朝廷，几乎没有给当地留下发展的余地。吴越国既得免于战祸，又摆脱了对中原朝廷的赋税负担，能够大规模兴修水利，疏浚河道，设置闸堰，建筑江堤海塘，为农业稳产高产创造了条件。杭州作为都城，获益最多。如杭州东南滨海地区以往常被潮水淹没，而防海大塘是土筑，年久失修。钱镠时用巨石大木重筑，自六和塔至艮山门，称为捍海塘，使杭州城脱离海潮之患。又在杭州北郭建有清湖等堰，江干有浙江、龙山二闸，城东有大小二堰，这些闸堰调节江湖运河间的水流，控制水量，兼顾水运水利。北宋端拱年间（988—989）在杭州设置管理海运的衙门市舶司。此前全国只有广州设有市舶司，而明州（今浙江宁波）、泉州（今福建泉州）和密州（今山东诸城）置司都还在其后，杭州显然得益于水利建设形成的通海优势。

北宋期间，杭州的地位已上升至“东南第一州”。随着农业、手工业和商业的繁荣发展，天圣（1023—1031）、熙宁（1068—1077）间，杭州所收商税、酒曲税居全国第一，比首都开封还多。苏轼说:“天下酒课之盛，未有如杭者。”显然并非夸张。

北宋亡后，高宗赵构于建炎三年（1129）从扬州渡江，到达杭州后即升杭州为临安府。至绍兴八年（1138）以杭州为行在所（皇帝在首都以外的驻地），正式确定为临时首都，直到德祐二年（1276）元军灭宋入城。这一百三十八年间，杭州从“东南第一州”跃居南宋的“天下第一州”，成为当时中国乃至世界最繁华的都市。杭州市区已扩大到城外，就在定都三年后的绍兴十一年，都城以外人烟繁盛，南北已距三十里，为此设置了右厢公事所。乾道三年（1167），因城东西户口繁伙，警逻稀疏，分别设置东西厢都巡检使各一员。到了宋元之际，“杭州之外城，南西东北，各数十里，人烟生聚，民物阜蕃，市井坊陌，铺席骈盛，数日经行不尽，各可比外路一州郡”（吴自牧《梦粱录》卷十九）。城外的居民比城内的还多，所占范围比城内还大。大街上的买卖昼夜不绝，半夜三四更时游人才逐渐稀少，到五更钟鸣，卖早市的已经打开店门。到近代还是西湖风景区和乡村湿地的天竺、灵隐、西溪，远至安溪、临平，当时都是城区，民居、商铺与寺观错杂，陆游诗中“西湖为贾区，山僧多市人”“黄冠（指道士）更可憎，状与屠沽邻”就记录了这种现象。北宋时杭州已号称“十万余家”，《梦粱录》称南宋时“不下数十万户，百十万口”，应接近事实。《马可·波罗游记》的描述虽不无夸大，但当时的杭州是世界上人口最多的城市是毫无疑问的。

南宋杭州还产生了一种文化史上的特殊现象——方言岛，即在吴方言区的包围之中，杭州城区却流行以河南话为基础的北方话，直到今天还有遗存。宋室南渡后，大批北方移民南迁，由于一百多年间没有返回故乡的机会，就此在南方定居。杭州作为临时首都，不仅定居着皇室、官员、将士，也吸引了大批士人、商贾、僧道和流动人口。很多原在开封的店铺、娱乐场所、寺观也纷纷在杭州重开，其中不少人就迁自开封。尽管开封人与其他北方人在杭州居民中未必占大多数，但由于这些上层移民及其后裔拥有权力和财富，掌握着主流文化，不仅他们自己继续讲北方方言，而且促使原住民，特别是必须为北方移民服务的人及城内的其他居民学讲北方方言。年深日久，杭州成了北方话的天下。南宋亡后，北方话在杭州风光不再，却根深蒂固，流风余韵至明朝犹存。直到今天，杭州方言中的儿化音还很明显，如小丫儿（小孩）、黄瓜儿等。

特别幸运的是，到元朝灭宋时，蒙古统治者已经认识到农业文明和汉族传统文化的重要性，元世祖忽必烈在事先颁发的《平宋诏》中已要求保护农商，维持民生。加上南宋皇室在元军逼近时主动投降，杭州没有受到什么破坏，在元朝依然保持着昔日的繁盛，因而被马可·波罗惊叹为“天城”“世界上最美丽华贵之城”。至元二十一年（1284），江浙行中书省的省会由扬州迁至杭州，辖境包括今浙江、福建二省与江苏、安徽二省的江南部分和江西省的鄱阳湖东部分，杭州依然是东南第一州和全国最大、最繁华的城市。由于元朝时海运畅通，杭州也是外国商人聚居的城市，当时人提到钱塘，往往与“诸蕃”“岛夷”连称。在元顺帝至正（1341—1368）初年到过杭州的阿拉伯人伊本·白图泰的笔下，崇新门内荐桥附近多为犹太基督教徒及拜日教徒之突厥人，而荐桥以西为伊斯兰教徒聚居区。

明太祖洪武十四年（1381），划定浙江布政使司，辖境基本即今浙江省，杭州成为省会与杭州府治所在。杭州虽然又回到了区域中心、省会城市的地位，但人间天堂的盛名不减当初，丝绸之都、鱼米之乡，人文荟萃、名人辈出，其经济、文化水平一直居全国前列。

不过与南宋时的巅峰相比，杭州在全国的地位还是有所下降，并且显现了一些不利因素。

一是城市经济逐渐衰退。由于城内外运河年久失浚，填为沟渠，物资流通受阻，城内物价上涨。延祐三年（1316）、至正六年（1346）虽曾两次大加疏浚，但城内河高而钱塘江面低，诸河疏浚不深，仍与江潮隔绝，完全靠西湖水补充，水深不足三尺，只有宋时的一半。城南一带本是杭州最早的市区，因河不通江，水运不继，城南商业日渐萧条。明洪武年间一度浚深龙山、贴沙两河，在河口建闸限潮，为船舶提供了出江通道，但不久又淤塞。

一是天灾人祸不断。杭州居民稠密，民居连绵，大多是木构板屋，砖瓦房也不多。不少人家设有佛堂，昼夜香烛，通宵点灯，悬挂纸幢经幡。一旦失火，延烧成片，难以扑灭。显德五年（958）城南失火，延烧至内城，共烧毁一万九千家。南宋期间，城区大火二十一次，每次损失都在万家以上。其中嘉泰元年（1201）三月二十八日的大火延烧军民五万一千四百家，绵亘三十里，经四昼夜才扑灭。但那时系首都所在，人力财力充足，会全力重建，能很快恢复。至正元年（1341）四月十九日，杭州大火，“毁官民房屋公廨寺观一万五千七百五十五间”，烧官廨民庐几尽，以致“数百年浩繁之地，日就凋敝”。至正十九年十二月，朱元璋遣常遇春进攻杭州，“突至城下，城门闭三月余，各路粮道不通”，“一城之人，饿死者十六七。军既退，吴淞米航凑集，藉以活，而又太半病疫死”（均见陶宗仪《辍耕录》）。这次围城使杭州人口损失过半，元气大伤。

明清以降，杭州在江南的区位优势不断遇到新的挑战。永乐后首都虽已北迁，但南京为陪都，在清朝又是两江总督驻地，政治地位都高于杭州。扬州处于运河与长江交汇处，地近淮盐产区，是漕运和盐运中枢，经济地位举足轻重，无可替代。苏州是清代江苏巡抚驻地，是太湖流域的政治、经济中心，科第鼎盛，人文荟萃，与杭州不相上下。明代为防御倭寇侵扰，封锁沿海口岸，加上杭州内河与钱塘江隔绝，从此彻底丧失通商口岸的地位。而宁波有优越的海港，又有运河可通，成为浙江主要通商口岸。上海开埠后，迅速发展成为中国最大通商口岸和远东最大城市。上海强大的经济辐射能力，和以上海为基础的新兴工商业，使杭州的传统手工业和商业更趋衰败。

1860年、1861年太平军两次攻占杭州，至1864年初在清军围攻下撤出，杭州在连年战乱中损失惨重。战前杭州府约有三百七十余万人，战后的同治四年（1865）全府土著户口仅存七十二万，损失人口三百万，高达八成。尽管这三百万人中也包括出于种种原因逃离或迁出杭州府者，但其中大多数是在这场空前浩劫中被杀死、饿死、病死，在逃亡途中横死或自杀的。杭州的名胜古迹和图书文物也受到很大破坏，著名的文澜阁被焚毁，收藏于阁中的《四库全书》大多散佚缺损。战后人口的恢复和增长主要依靠外来移民，故而杭州城与府属县城的人口结构发生很大变化。土著中精英外流严重，土著比例甚低。而由于附近的嘉兴、湖州两府与江苏的苏州、常州两府同样人口锐减，不可能就近输出，新迁入的移民大多来自浙东和浙南、苏北、淮北和河南，大多是底层贫民。

1927年国民政府定都南京，杭州再次接近政治中心。由南京至杭州的公路“京杭国道”建成后，拉近了杭州与首都的距离。当时的国民党要人多为浙江籍，民间有“湖南人当兵，广东人出钱，浙江人做官”之说。又有“湖州的中统，江山的军统，奉化的侍卫官”的说法，因主管党务的陈立夫、陈果夫兄弟是湖州人，主持军统的戴笠是江山人，蒋介石本人是宁波奉化人，江浙人大受重用。浙江省省长一度由国民党元老、功臣、蒋介石的盟兄南浔人张静江担任，张氏创办的西湖博览会续办至今。蒋介石下野蛰居之时，奉化一时成为实际权力中心。但晚清以来，上海已成中国政治中心，在国际交涉中更加重要，非杭州和浙江所能动摇，沪宁铁路的功能远非京杭国道所能替代。1937年抗战军兴，杭州陷于日寇，上海的孤岛却持续到了太平洋战争爆发，成了陪都重庆以外的特殊政治中心。

1949年解放军攻下南京后挥师南下，杭州再次演绎吴越国归宋故事，毫发无损。国民党当局宣布为保护西湖名胜古迹，杭州为不设防城市，国民党部队主动撤退。不管蒋介石或国民党当局出于什么目的，这都是值得称道的爱国爱乡之举，应载入杭州史册，为后人铭记。

浙江人文荟萃，历史上杭州更是名人辈出。但到了近代，随着政治权力、财政金融、市场资本、工商产业、教育设施、新闻出版、科学技术、学术研究、文化艺术越来越集中于上海、北京、南京、天津、武汉、重庆、香港等城市，再加上受到欧美发达国家影响，杭州的上层人物、社会精英和有为青年纷纷外出求学求职，杭州籍的国内国际名人的事业成功，几乎都在外地或外国。

1949年后，计划经济和意识形态不断加强，更加剧了这种趋势；“左”的政策、重理轻文、重政治轻经济的措施也推波助澜。解放后浙江大学历史系暂停，组织教师学习马列政治，先师谭先生仍安心学习，认真接受。但一年后历史系正式宣布撤销，教师改教公共政治课，谭先生不得不自谋出路，接受复旦大学聘书。据说全国著名大学中撤销历史系的仅此一家。竺可桢校长等科学家大多调往北京，成为中国科学院的领导和中坚。1952年院系调整，浙大元气大伤，文科、医科全部分出，理科名教授大多调出。1981年4月中国科学院重开学部委员大会，四百名新老委员（后改称院士）中出自旧浙大者四十六名，而新浙大无一人入选。复旦大学十名学部委员，包括先师在内共有八名出自旧浙大。到二十世纪七十年代末，“人文荟萃”只是老一辈杭州人偶尔发思古之幽情，留在杭州的学者名流凋零殆尽，比之于南方其他省会城市，杭州的人文资源与环境已无优势可言。

在各种场合，常有记者问我：“你到过国内外不少城市，你心目中最好的是哪一座？”“如果让你选择，你会住在哪里？”特别是在杭州时，我知道他们最希望我给出的答案是杭州。不过无论他们如何诱导，我始终没有作过具体的回答，而是说：“这要看用什么标准。人生的不同阶段有不同目标，如读书、工作、谋生、休闲、养老，不同的目的会有不同的选择。”有人直截了当地问我：“你认为杭州是人间天堂吗？”我也会坦率地回答：“在现代世界，已经找不到大家都认同的天堂，但杭州肯定是相当大一部分人的天堂。”

在物资匮乏的年代，物质生活水平是人们作出选择的主要标准，能够吃饱穿暖、生活安定、高于平均水平的地方就是天堂。“苏常熟”产生的粮食就能使“天下足”，“鱼米之乡，丝绸之府”就可称天堂。我读小学时知道“苏联的今天就是我们的明天”，而苏联的生活就是“楼上楼下，电灯电话”。土地改革后，东北农民向往的天堂是“三十亩地一头牛，老婆娃娃热炕头”。“大跃进”时，广大农民的天堂目标是“撑开肚皮吃饱饭，跑步进入共产主义”。

在社会动荡、战乱频仍的年代，“不知秦汉，无论魏晋”的世外桃源是天堂，人们首先选择的是能暂避战祸、保全性命的地方，如果还有能享受生活，或者过得比原来还好的地方，那更是天堂无疑。当年北宋的皇族、官员、名流、富商好不容易逃出开封，终于在杭州定居，在“山外青山楼外楼”的美景中过上了比在开封还奢侈舒适的笙歌诗酒生活，怎能不把杭州当汴州、当天堂呢？当杭州的难民逃入上海租界，不仅不再担心太平军与清兵的杀戮劫掠，富人因投资而获利，穷人因劳作而得以温饱，青年因求学而成功，上海无疑成了他们的天堂。

但当人们已无衣食之忧，更无战乱之虑时，必定更关注精神生活和未来世界，就很难找到共同的天堂了。从政者会选择首都或政治中心，或者有利于仕途的地方。从商者贵在商机，逐利而来，随利而去。求学者追求学府名校，从教者钟情于优质生源，科学家看重研究设施与条件。崇尚自然的人寻找天然环境，享受生活的人不仅需要蓝天白云、青山绿水，还要有生态食品和丰富文化。显然没有哪一个地方能集中所有的有利条件，所以没有哪一个地方能成为今天和未来所有人的天堂。

改革开放为中国城市的多元发展开辟了广阔的前景，也为中国人提供了更多的选择。现代交通缩短了距离，无所不在的信息首先实践了天下一家的理念。马云选择了杭州，世界互联网大会选择了杭州附近的乌镇。并非政治中心的杭州，在G20峰会召开时成为全球的焦点。更多的人能便捷轻松地欣赏西湖风景，享受杭州生活，而不必离开自己的天堂。杭州人也可以向全国、全球发展，而继续生活在故乡天堂之中。

有些条件已经变了，或者在可以预见的未来会变，甚至会大变，这无疑会使杭州具有更大的吸引力。今天我们讲的杭州，早已不限于历史上的杭州城或今天的杭州城区，而是包括九区、二市（县级）、二县的杭州市行政区域。即使只指城市，也已跨钱塘江两岸，已经或将要连接萧山、余杭、富阳、临安。欣赏自然风光已不限于西湖一隅，享受亲水、山居已不必局促于城边或近郊。随着高速公路、城市轨道交通、高铁、高速航道、跨海大桥的建成和网络化，一小时生活圈、当日旅游圈的范围也不限于杭州本身，定居于此的人固然可以随时去观黄山云海，享上海时髦，品舟山海鲜，流动来此的人也能如此。而当智力、信息、创意、服务成为生存和发展的主要手段时，职场与家居、商务与社交、工作与休闲、学习与娱乐之间的界限会模糊以至消失。得风气之先的城市或地区无疑会使这些变化来得更快。

但有些条件是不会变的。物理空间和距离不会变，人为的缩短总要付出越来越大的代价。无论速度提得多快，最短的距离总是第一选择，但这与舒适的工作与生活环境往往不可得兼。尽管人的寿命一般都在延长，但属于一个人的绝对时间也不会变，只能是按不同的生活方式作出不同分配。气候、地貌等条件的变化更非人类所能控制，与人的一生相比，它们的改变微乎其微。人们只能调整自己的期望值去适应，或者听其自然。

正因为如此，在杭州能否过上天堂的生活，在杭州生活的幸福度能否提高，既取决于杭州的发展，也在于你自己对生活方式与程度的选择。

至于杭州过去的天堂，已经载入历史，成为中国和世界历史的一部分，成为全人类的文化遗产和自然遗产，是永恒的，也是不可替代的。

成都，成“都”？[1]

在中国的七大古都（西安、洛阳、北京、开封、南京、杭州、安阳）和省会以上城市中，成都虽不能算历史最长，但也名列前茅。有两个特点是其他任何城市都不具备的：两千三百多年来从未改名，城市的位置基本没有变化。

如西安建城的历史可以追溯到西周，但那时的名称是丰、镐（镐京），秦国和秦朝的都城名咸阳，西汉新建的是长安，五代后长安成了一个县名，明朝设西安府，“西安”作为城市的名称沿用至今。在此过程中，这些都城的城址有过很大变动，大多是新建。

又如北京，起源于蓟，春秋战国时是燕国都城，汉朝置蓟县，以后先后称广阳（广阳国都、郡治）、幽州（州治）、范阳（节度使），辽朝建为南京，金朝建为燕京，元为大都，明为京师，亦称北京，清朝沿用。民国时期称北京，1927年至1949年改称北平。

周慎靓王五年（前316），秦国派张仪、司马错出兵攻蜀，蜀王被贬为侯。周赧王元年（前314），秦国封公子通于蜀，以张若为蜀国守（行政长官），并从秦国移民万户于蜀。五年（前310），张仪与张

1　本文原刊于《环球人文地理》2014年第6期。

若建成都城，长十二里，高七丈。成都城以国都咸阳为样本，由两个相连的城组成，少城是成都县治所在，内城有盐铁市场，以民居为主。

两千三百二十三年前，一座与国都相仿的新城拔地而起，并且被命名为成都。但由于它一直远离中国的政治中心地带，所以从来没有成为真正的“都”，却多次充当了割据政权的都。王莽覆灭后，他所封的“导江卒正”（相当蜀郡太守）公孙述割据益州，自称蜀王。公元25年（东汉建武元年），公孙述在成都称帝。但到建武十一年就被汉军攻破，公孙述受伤身亡。成都当了公孙述十一年的“国都”，付出了惨重的代价，“宫殿”被焚毁，城内一片残破。

221年，刘备在成都即帝位，建国号汉，史称蜀汉。263年，魏军兵临城下，后主刘禅投降，蜀汉亡。这次成都当了四十二年的“国都”，但蜀汉疆域不足“三分天下有其一”，国力更差。

304年（晋永安元年），巴氏首领李雄在成都称王，306年称帝，国号大成。至338年，李寿改国号为汉，史称成汉。至东晋永和二年（346）桓温伐成汉，李势降，成汉亡。这次成都的“国都”史也是四十二年，但控制范围比上一次更小。

唐末，王建据有东川、西川，受封为蜀王。907年，后梁代唐，王建在成都称蜀帝，史称前蜀，925年（后唐同光三年）灭于后唐。但西川即为孟知祥所占，934年孟知祥称帝，建都成都，史称后蜀，至宋乾德三年（965）灭于宋。成都作为割据之都前后有近六十年，但控制范围只有四川、重庆大部，湖北西北部、陕西南部和甘肃东南部。

但是至少在法律上和理论上，成都当过十五天全国性的首都。那是在唐朝天宝十四载的六月，在安禄山叛军突破潼关后，唐玄宗匆匆逃出长安，前往成都。尽管玄宗的太子（唐肃宗）已于七月十二日在灵武继位，改元至德，并已以皇帝的身份发号施令，但消息还没有传到成都，玄宗自然仍以皇帝自居，如在八月初二下令大赦天下。在国内，由于大多数地方的官民也未得到肃宗继位改元的消息，还将玄宗所在地为“行在所”(临时首都)，继续使用天宝十四载的年号。如北海太守所遣录事参军第五琦到成都奏事，向玄宗建议，派他往江淮征收财赋。玄宗大悦，封第五琦为监察御史、江淮租庸使。但到八月十二日，肃宗的使者到达成都，玄宗接受当太上皇的事实，但他还规定“四海军国事，皆先取皇帝进止，仍奏朕知；俟克复上京，朕不复预事”。十八日，玄宗才正式派韦见素等奉传国宝玉册往灵武传位。成都失去“行在所”的地位，灵武成为全国一致的“行在所”。但在名义上，到次年十二月玄宗回到长安前，成都还分享临时首都的功能，因为全国的军国大事还要到成都报告或备案。尽管情况特殊，但成都的确当过十五天的临时首都，在一年多的时间里在名义上是两个临时首都之一，总算应验了当初成“都”的命名。

当然，这与成都本身的自然和人文条件无关，实际上成都在不少方面优于其他古都，只是它的地理位置远离中国的政治中心带。在唐朝以前，统一朝代的政治中心一般都在长安——洛阳。五代起东移至开封，元以后北移至北京，离成都更远。在南北对峙的分裂时期，南方的政治中心一般在南京，偶尔在今湖北鄂城（武昌）和湖北江陵，因为无论是从自身的安全还是北伐收复失地出发，都只能将首都设在长江下游，否则在当时的交通运输条件下就无法顾及南方大多数地方了。抗战期间，中国政府西迁，选定的陪都是重庆。这固然与重庆易防守的地形地势有关，但更多的还是考虑当时的主要战场在东部，沦陷的国土也在东部，战时首都不能离得太远。而且长江水道是主要的运输途径，重庆这方面的优势无可取代。即使不得已时继续西迁，蒋介石选定的目标也是西康，而不是成都。因为成都的天然屏障是四川盆地四周的高原和山脉，敌方一旦进入盆地，成都是无险可守的。

这些条件都注定了成都只能当割据者的首都，或者西南的区域性都会。其实这倒是符合命名者的初衷，因为那时连秦国也不过是七个诸侯国中的强者，所谓“都”，不过是一个诸侯国之都。而成都之“都”，应该是首都咸阳之外西南地区的都——蜀都。

大概那几个割据政权的统治者也深谙此道，所以都比较本分，除了诸葛亮一直以攻为守，六出祁山，一次次主动挑起与曹魏的战事，其他统治者一般都安于割据。并且除第一位割据者公孙述一味迷信符谶，始终以为自己是皇帝命，顽抗到底外，其他如蜀汉、成汉、前蜀、后蜀的末代君主都很识时务，全部俯首投降。无论如何，这都减少了对成都的破坏。

不过，到了统治者或叛乱者、入侵者完全不顾民生、丧失理智时，纵有天府之国的资源和充足的人口也经不起残酷的杀戮和彻底的破坏。在宋末元初、明末清初的大战乱中，成都几度濒于毁灭，居民死亡逃亡殆尽，甚至有老虎白昼出没于城市废墟。所幸在巴山蜀水的滋润下，源源不断的移民筚路蓝缕，重启山林，成都得以恢复，并更加兴盛。

元朝以后中国的政治中心一直在北方，统治者对以成都为中心的四川割据或抵抗的能力记忆犹新。本来秦岭是中国南北的天然分界线，也是主要行政区域的天然界线，从秦汉以至北宋，在今陕西和四川的政区都是以秦岭划分的，但元朝将这条界线南移到汉中盆地以南，目的在于打破四川对北方的壁垒，以便中央政权能够通过汉中盆地有效地控制四川。张献忠等未能在四川形成割据局面，这样的制度安排也起了一定的作用。

明清时，四川与云南、贵州同属行省（布政司），成都与昆明、贵阳的政治地位并无二致，但由于四川充足的财力和人口，对贫困的云贵有“协饷”（财政资助）的义务，实际地位要高得多，俨然是西南的中心。中华人民共和国成立后，成都曾长期驻有大军区司令部。到二十世纪六十年代，成都是“三线建设”指挥中心，还是西藏的大后方，地位举足轻重。

改革开放以来，中央与地方之间的事权划分日趋合理，但建立在中央集权基础上的区域中心地位也随之弱化以至丧失。重庆市的设立无疑对成都提出了新的挑战，而新兴产业的优势也使天府之国的资源和人力优势相形见绌。如果说以往两千三百年间的成都之所以成“都”主要是来自中央政府的授权的话，今后能否成“都”将主要依靠经济、文化、民生。

汶川大地震曾经使人们对成都的安全产生怀疑，实际上，根据地震史的记载，尽管四川是中国地震最频繁、破坏性最大的区域之一，成都城区（不包括今成都市所辖市县）却是比较安全的。这也是成都之所以成“都”的理由，也是未来成“都”的保证。

地名、历史、文化[1]

“地名”以外的地名

地名不仅是一个名称所代表的空间范围和时间范围，还包括地名本身以外很多方面的内容。我们现在讲地名的时候，往往忽略了它们的时间意义和概念，因为从空间范围讲一个地名，无论点还是面，都是通过地理坐标，用具体界线划定的。但是任何一个空间范围其实都与一定的时间范围相联系，这个时间范围有的长有的短，在这个时间范围里面又与很多地名以外的事物和因素相联系。所以地名除它们的本意外，还有其历史、文化、社会、民族等各方面的意义。

早期的地名实际上反映了族群分布，尽管我们对它们的具体内容还不了解。如商朝人，几乎将所有做过都城的地方都称为“亳”，早期迁移到的地方也命名为“亳”。又如，山东好几个地方地名都带“不”(音夫)，其实这也是反映某一个族群的分布或者流动的特点。再如“姑”字，江南有好几个地名都有这个字，最著名的是苏州，被称为姑苏。对“姑”字以前有几种望文生义的解释，我的老师谭其骧

1　本文是2015年5月28日在《光明日报》“光明论坛”的演讲稿。

先生认为“姑”没有具体意义，只是越人的发语字。但这类地名的存在反映了某支越人的分布。再如敦煌，从汉朝开始就有人根据汉语解释“敦煌”二字的含义，后来日本学者指出敦煌不是来源于汉语，而是来自当地民族的语言，汉字是采用其音译，所以不能按字面解释。不仅是敦煌，我国西北地区还有很多地名，当汉人记录下来时已经无法考证它们的含义，但都反映了古代西域一些族群的分布，以及族群的影响。在这些方面我们目前的研究很不足够，将来或许能通过这些地名破译民族成分的密码。

早期的地名后来成为国名，成为朝代的名称，其实开始往往是指具体的地方，例如秦、汉、魏、晋、宋等。以汉为例，来源于汉水，因为有了汉水，才有了汉、汉中等地名。刘邦的封地在汉中，成为汉王，以后他建立的朝代就是汉朝。因为汉朝在中国历史上有重大的影响，基本上奠定了统一中国的疆域，所以这个民族主体被称为汉族。因为开国皇帝或者统治者往往会把这些地方作为发祥地，这些地名经历具体的事件后发展成国名，以后成为朝代名称。

地名的迁移也反映着人口迁移或民族迁移。比如汉高祖刘邦的祖籍是丰县（今江苏丰县），他父亲长期生活在丰县。刘邦做皇帝以后将父亲接到关中，尊他为太上皇。太上皇却闷闷不乐，表示住在关中不开心，因为听不到乡音，看不到邻里斗鸡遛狗，吃不到路上卖的饼。于是刘邦下令将丰县居民全部迁至关中，为他们建一座新城，完全模仿、复制丰县。据说复制非常成功，移民将从家乡带来的鸡、狗放在城里，都能找到原来的窝。这座新城被命名为新丰，就这样，丰县的地名被搬到关中。像这样的例子历史上不止一个，所以我们往往能看到早期地名从北方搬到南方，从中原移到边疆。

北京郊区有很多以山西州、县或者小地方命名的地方，是因为明朝初年有大批山西移民，整体迁到北京郊外，所以留下很多山西地名。但是这样的地名搬家也出现过败笔，我认为最大败笔是乾隆皇帝把西域改名为新疆。“新疆”原指贵州境内一片少数民族居住的地方，后来被设置为几个县，所以当地称之为新疆。乾隆年间，天山南北路平定之后，西域被改称为新疆，以后建省时也用了这个名称。这当然是乾隆皇帝为了宣扬他的赫赫武功。尽管这不会改变新疆自古以来属于中国的历史事实，但还是授人以柄，增加麻烦。外国有人攻击我们，说中国到乾隆年间才占有新疆，因为你们自己都承认新疆是你们新的疆土。其实清朝学者已经发现漏洞，所以他们解释为“故土重新”，但这也可以解释为左宗棠从阿古柏叛乱中收复新疆。这至少是改地名的败笔，如果沿用西域，与两千多年前一致，岂不更好！

还有很多地名本身就记录了一段历史，最典型的，是今山西、河南两个县的名称：闻喜和获嘉。闻喜本是西汉河东郡的曲沃县，汉武帝经过时获悉平定南越叛乱的喜讯，即改名闻喜。当汉武帝行经河内郡汲县新中乡时，又传来了发动叛乱的南越丞相吕嘉被俘获的消息，即下令在此新设一县，命名为获嘉。类似地名还有很多，每个地名都记录了一段历史。

又如重庆本来叫恭州，南宋淳熙十六年（1189）正月，孝宗之子赵惇先封恭王，二月即帝位，为光宗皇帝，称为“双重喜庆”，于是升恭州为重庆府，重庆由此而得名。所以有很多地名，如果仔细了解研究一下它的来历，往往就会发现对本地历史的重要记载，有的甚至是很重要的篇章。

同样，地名在对外关系上也有表现。最典型是解放时被称为镇南关的地方，为了表示与越南的友谊而改名睦南关，以后为了突出与越南“同志加兄弟”的亲密关系又改为友谊关。二十世纪八十年代，我去友谊关考察，越南大炮把友谊关屋顶打穿的洞还在，那时候看到友谊关这几个字感到啼笑皆非。但是最近去的时候，不仅友谊关楼已经修好，而且我已经能够站在新划定边界照相留念了，现在这个关的确是友好的。

地名在民族关系上也有表现。如曾被称为绥远的地方，解放后我们改称为呼和浩特，又如乌鲁木齐原名是迪化。有的地名不一定改，却反映了民族关系的历史事实。清朝实行改土归流后，新设了一批府级政区，从命名上都看得出来，比如湖北恩施，所辖县原来都是土司统治，新设府县被看成朝廷施的恩。

还有很多纪念性质的地名，从最早将黄帝陵所在地称作黄陵，到近代全国各地很多以“中山”命名的地点——比如中山路、中山大道、中山公园，广东香山县改为中山县，现在叫中山市。国民党政府为了表彰卫立煌，曾在安徽六安县金家寨设立煌县。抗战胜利后台湾光复，各市都有马路改名为中正路，上海的爱多亚路也改名为中正东路。台北有罗斯福路，解放后的东北城市中有斯大林大街。

还有颂扬性的名称，并不太明显，实际上大家都明白，比如说中共一大会址的地方，原来是望志路，是用法国人的名字命名的，解放后不久改名兴业路。这些地名有些存在时间很短，有些持续至今，这就反映出不同时期政府与民众的意志和情感，也反映出被纪念者的影响程度。

有一些地名反映一个阶段或一段时间的观念和价值趋向。比如民国时期冯玉祥主政河南时设博爱县、民权县，台北市有忠孝路、信义路、仁爱路等，各地有不少地名以自由、民主、和平、幸福、解放、复兴、建设等命名。

有的地名是地理环境的反映，这类地名在研究历史地理时很有意义。有的是当初概念与今天不同，有的当初是对的，但现在地理环境发生了变化。这也是有规律的，比如河南与河北的划分是以黄河为界，但也可发现，河南省有一些地方跨到黄河北边，所以地名本身归类是一回事，但以后发生了变化，这变化恰恰为我们研究历史上地理环境变迁提供了根据。

还有一些地名体现了近代殖民的历史。帝国主义侵入我国后，一些地名发生了变化，比如东北的一些地名，在俄国入侵之后被换成俄国地名，香港被英国占据后，很多英国地名就被搬到了香港。比如香港的太子道，就是因为1922年英国王储爱德华到访，之后才将一条街道改名的。又如上海的戈登路（今江宁路），就是当时为了纪念参与镇压太平天国的英国人戈登。霞飞路是用法国著名将领的名字命名的，解放后为纪念淮海战役改名淮海路。

总之，地名如果只是记录它所代表的空间范围，那么它是纯粹的地名。实际上，地名所包含的内容非常丰富。

“中国”称谓的变迁和含义

“中国”这两个字最早被发现是在一件青铜器上，考古学家称之为“何尊”，它是1963年在陕西省宝鸡县（现宝鸡市）被发现的。尊上面有铭文，铭文上面出现两个字，就是我们现在看到最早的“中国”二字。铭文大意如下：“武王在攻克商朝首都后，举行了一个隆重的仪式向上天报告，‘我现在占有了中国，准备把它当作自己的家，并且统治那里的民众’。”

“中”“国”这两个字最早都是象形文字。“中”本来是一面特殊的大旗，是商朝人为召集他们的部队和民众用的标志。由于集合时这面旗帜总是处于中间，以后就衍生出中心、中央、最重要的等意义。

“国（國）”也是一个象形文字。中间的口表示人，有几个口就是几个人，所以称为人口。口下面的一横杠表示一片土地，无论生活或生产都离不开自己的土地，所以还得有人拿着戈守卫。为了更安全，必须要在四周筑上一道城墙。所以国实际上是有围墙围起来的，有人守卫的一个居民点。一个聚落，一座城，古代又称为国。

“中国”的含义就是在很多国里，处于中心的、最重要的国，就是中国。商与西周的国都很多，春秋初期还有一千多个。在这么多国中间谁有资格被称为“中国”呢？只有最高的统治者，比如说商王以及后来的周王，他们居住的地方才有资格被称为中国，“中国”是天子所在的国。

但东周时天子的地位名存实亡，各诸侯国间相互吞并，国的数量越来越少，国土面积却越来越大。到战国后期，只剩下秦、楚、齐、燕、韩、赵、魏七国和若干小国，所以诸侯都开始以中国自居。公元前221年，秦始皇统一六国，建秦朝，称皇帝，自然也自称中国了。以后历代王朝都自称为中国，连入驻中原的少数民族，或者与中原关系密切的政权也都自称中国。中国的概念从一个点扩大至整个国家，甚至包括边疆的少数民族的政权。比如契丹人建了辽朝，到辽朝后期，也认为自己是中国的一部分。南北朝时，南朝、北朝都称自己为中国，而骂对方是“索虏”“岛夷”，隋、唐统一以后它们都成了中国的一部分。中国实际上成了某个国家的代名词，但各朝都有自己的国号，如清朝称大清、大清国。

1912年中华民国临时政府建立，开始有了“中华”和“中国”两种简称，但是基本上人们习惯使用“中国”。

在古代，中国的民族含义等同于华夏诸族或者汉族，与之对应的称呼是“蛮”“夷”“戎”“狄”，比如“南蛮”“东夷”“西戎”“北狄”，或者“蛮夷”“夷狄”。文化上的含义也只指华夏、汉族的文化，不包括其他民族。今天的中国当然应该包括组成中华民族的各族，而广义的中国文化也应该包括五十六个民族的文化。

历史上，中国的地理概念往往等同于中原，但这个中原并没有明显界线，并不一定就是河南省，甚至更大范围，都可以称为中原，如山东、山西、陕西、河北、安徽等地。

“中国”两个字从三千多年前发展到今天，与中国的国土、人口、民族、文化、历史密切相关。“中国”所蕴含的意义，不是简单以多少万平方公里或者地理坐标就能诠释的，是一部活生生的国家和民族发展史。

“北京”的演变

以北京为例，“北京”这个地名我们可从两方面分析。一是北京这块土地它的名称有过哪些变化；一是“北京”这两个字在历史上曾经代表过哪些空间范围。

北京这个地方最早能查到的地名是燕和蓟，在周武王封燕以前，“燕”这个地名已经存在了，又称为蓟。到秦汉时，出现了广阳郡，郡是县以上一级政区，在汉朝郡与国并行，所以一度被置为广阳国。附近两个与广阳郡关系密切的，一个是渔阳郡，一个涿郡。所以，也有用渔阳、涿郡来代表北京的说法。东汉以后又出现了幽州，燕国还曾被称为范阳郡、范阳国，燕国后来一度又出现燕郡，这些名称都是交替出现的。“燕”实际上最早是燕城，以后有燕国，有燕郡。涿郡更靠近原来的蓟县。到了金朝，北京这块地方被称为中都大兴府，后来又有了大兴县。元朝时被设为大都路，成了首都。

明朝地名变化最为复杂，但奠定了今天北京的基础。明初设立北平府，后因明成祖迁都，把北平府改成顺天府。在一级政区（相当今省级）设了北平布政使司，当时南京被称为京师。迁都到北平以后，北平改称为“京师”。但因为原来的京师还保留首都地位，为与北方的京师加以区别，称其为南直隶、南京，京师就称为北京。清朝官方一直称现在的北京为“京师”，称周围的行政区为直隶，但无论官方或民间，还是习惯称北京。清朝废南京，改南直隶为江南省，以后分为江苏、安徽两省。民国初，北京继续作为首都而存在。1927年，南京成为首都，北京改名北平市。1949年，中华人民共和国首都定在北京，北平改称北京。

从曾经的一个小诸侯国、居民点，发展成为区域性中心和重要军事基地，又成为另一个非汉族政权的都城，到现在成为国家首都，北京地名的演变反映出这座城市的发展过程，实际上是一部北京的开发史、政绩沿革史和社会变迁史。

全国各地曾出现的“北京”

北京作为地名，曾经在全国很多地方出现过，北至今天的内蒙古，南至江苏都用过。为什么北京这个地名曾经用于全国各地？既然称之为北京，相应地肯定有南京等地。这说明在历史上，特别在分裂时期，政治中心往往并不固定在一个地方，反映地名地理的坐标也在变化。坐标体系中，如果中心城市发生变化，那么，相应的中心位置，以及相应中心的地名也会发生变化。

历史上，有据可查的最早使用“北京”两个字的，是西晋时的江南人。当时，他们称洛阳为北京，这种叫法不是正式名称，正式名称叫作洛阳。在江南地区，特别在原吴国，洛阳被称作北京，既因为京城在北方，还包含着是北方政权的“京”的意思。

真正把“北京”当作政治中心的做法，源于十六国的赫连勃勃称统万城（今陕西靖边白城子）为北京。他在实力扩张到关中、占领长安后，在长安设南台，即南方的政府机构，把统万城称为北京，是正式的都城。

北魏从平城（今山西大同）迁都洛阳以后，因为平城是故都，一度将其称为北京。这是相对洛阳所处的南面而言的，是对原来首都的尊重，以满足一些贵族老臣对旧都的眷恋，所以称之为北京。

到了唐朝和五代的后唐、后晋、后汉三代，都称晋阳（今山西太原）为北京。唐朝还存在南京、东京、西京的建置，因为唐高祖李渊从晋阳起家，所以称其为北京。五代的唐、晋、汉的统治者也是从晋阳起家的，所以晋阳继续拥有北京的称号。

金朝入主中原，把原来辽朝的临潢府改名为北京，就是今天内蒙古的巴林左旗。后来以中京大定府为北京，在今内蒙古宁城县西北。因为当时金朝政治中心内迁，相对而言，这些地方成了北面，才有了北京的称号。

明朝曾一度将开封府命名为北京。朱元璋建都南京以后，深知南京位置偏南，希望在北方找到一个能够长期作为都城的地方。他一开始中意开封府，将其升格为北京，后来发现从南方通往开封的水路淤积，水量不足，无法保证粮食的运输，不得不放弃。永乐年间，北平府改顺天府，这时北京的概念才和今天的北京城联系起来。

中国历史上出现过很多北京，都是因为出现过或同时存在南京。明朝迁都后北京的正式名称叫京师，但因为两京并建，只能用南北加以区分。要是没有这个情况，宣德正式迁都后就不会再有南京，也不会有北京，更不可能到清朝还继续称北京。1927年北京改称北平后，当时的居民往往继续称北京，而不用北平，这足以证明历史地名具有非常强的生命力，也有非常强的滞后性，一些地名正式名称反而不如俗称，部分习惯称法能够得到延续。

从北京这个地名的变迁，可以理解北京这两个字代表不同的地名、不同地理坐标。这说明地名除本身所应有的代表的空间范围概念外，在不同的时间范畴里，有复杂、深刻的含义，值得我们重视和研究。

更换地名、行政区划的乱象

现在社会上出现一种随意更改地名的现象，中断了历史的延续。一些地名，特别是县名和县治所在，从秦汉时期沿用到现在，两千多年来不仅名字没有改，地点也未曾发生变化。但是，还有一些地名被莫名其妙地改掉，从此就消失了，与历史上的政治、经济、文化、民族或一些大事件联系在一起的地名也消失了。近年来，一些地方又盲目恢复古地名，却往往张冠李戴，移花接木。从更改、消失再到恢复的过程，总是会产生许多麻烦。比如，沔阳是从南朝就存在的地名，迁都后设置过郡、县、州、府、镇，但到1986年，沔阳县被撤销，建仙桃市。而仙桃此前只是县治所在镇的名称。荆州市一度改成荆沙市，后来又恢复。襄阳与樊城改称襄樊市，现在又恢复成襄阳了。一些地名本来是历史上非常重要的，或者跟一些非常重要的历史有关，直到现在还没有恢复。与此同时，任意恢复古名的情况也有很多，也产生很多后遗症。

在行政区划调整中人为取消了不少旧地名，随意简化县级地名，甚至民政系统中间无法再登记原来的籍贯。我本人从小登记出生地为浙江吴兴县南浔镇。现在已经没有吴兴县，只有吴兴区。但吴兴区不包括南浔镇，南浔镇隶属于湖州市南浔区。不过，吴兴这个从三国时就出现的地名总算保存下来了，而更多的古地名却消失了。

更改地名，对个人和社会而言都有割断历史的危险。后人也不知道你到底指的是哪里。现在争夺历史名人故里，很多现象很可笑。其实有些古地名在今天什么地方是很清楚的，但频繁的区划调整、地名改变给一些人提供了可乘之机，人为地制造出很多矛盾。本来，大多数行政区划的调整只要改通名就可以了，用不着改专名，但是为了表示是新地名，或者为了提高影响，故意将专名更换。这是不应该的，也是很可惜的。随着一些专名的消失，跟它们有关的历史文化也将湮没。

目前的行政区划名称也是相当混乱。中国历史上曾经用过的行政区划通名很多，为什么现在不能做到将统一的名称代表一种区划？例如，市既可以代表省级的直辖市，也可以指地级市，还有县级市。我们为什么不能下决心统一规划行政区划通名？现在非但没有做这项工作，还不断出现新的混乱。如区，已经有了省级的自治区、地级的直辖市区和县级的市辖区，现在又出现了副省级的综合开发区，地级或县级的开发区、新区，还有矿区、城区、郊区。

用景点名称取代政区名称是造成地名概念混乱的又一做法。最典型的就是把徽州改黄山。如今，外地人如果说去黄山，本地人就会询问你：是要到黄山山下去，还是去老屯溪？同样的，都江堰、井冈山等变成了政区名，很容易与真正的景点混淆。

用景区名取代原来政区名称的一个理由，是为了改名后促进旅游开发，增加地方收入。这种说法完全是欺人之谈。如张家界，要是没有被确定为世界文化遗产，没有大规模的开发和投入，仅凭改一个名，就能增加十几个亿的收入吗？商业因素的冠名做法，也是地名更换的一大原因。在市场经济情况下，我并不反对适当采用商业冠名的形式改变地名，而前提应该是原有地名必须保留。现在往往因为商业利益，永久性把地名改掉了，不应该也不合法。正确的做法是根据出资的多少，确定新地名的使用期限，而不是永久性的改变。

一些外国地名在中国的滥用也应引起我们的注意。有人曾要求禁止在中国使用外国地名，我并不赞成，适当使用外国地名是可以的。比如，已经成为当地历史的外国地名应该保留，在一些开放城市适当增加一些以外国人名、地名命名的地名也并无不妥。但将一些地方命名为风马牛不相及的外国地名，不仅缺乏严肃性，还容易引发其他国家的不满。随意把别国地名拿过来命名景点、小镇，侵犯了他人的地名占用权。而滥用外国地名只能够反映出命名者的价值观念混乱，或者高估这些外国地名的价值。例如，一些新建的楼盘、新开发的小区钟情于使用外国地名以显示档次，这种做法，地名管理部门应该严格控制。

我经常问学生，你是哪里人？他们往往只告诉我是某市人，只讲到地级市一级。我问是哪个县（区），他们才告诉我。为什么不说全？他回答怕你不知道。介绍籍贯的传统做法是到县一级，如果不这样做，长此以往，中国人的地理知识将会越来越贫乏。地理知识不仅需要在课堂上的学习，它的传播和巩固需要日常真正的使用。如果我们接触地名越来越单一、笼统，势必会造成大家地理知识越来越贫乏。

总而言之，我认为地名是我们历史和文化宝贵的遗产，因为任何地名的产生，一般都反映出当时这个地名出现、存在和延续的一些因素，而不仅仅是一个地理的坐标。规范地名的使用和地名的文化建设，就是在传承文化和历史。而在这个过程中，地名资源将更能够为我们今天和今后所用。

被高估的民国学术[1]

在社会上出现“民国（小学）教材热”时，有记者问我：“为什么民国时的大师会编小学教材？”我告诉他，那时编教材不需要哪个政府主管部门批准，只要有出版社出就行，而出版社对编者是按印数付版税的。所以编教材的版税收入一般远高于学术著作，如果能编出一种印数高、通用时间长的教材，编者等于开发了稳定的财源，何乐而不为？至于“大师”，这是现在对这些编者的称号或评介，当初编教材时，他们还不具备这样高的身份，甚至还只是初入职场的年轻人。

近年来，随着“民国热”的升温，一批“民国范儿”的故事流传日广，更成为影视作品的新宠。与此同时，一批民国的“学术大师”如出土文物般现身，或者被媒体重新加冕。于是在公众和年轻一代的心目中，民国期间成了大师众多、高峰林立的学术黄金时代。

不过如稍加分析，就不难发现，这样的“黄金时代”的呈现，并不是正常的学术史总结研究的结果，也不是相关学术界的共识，

1　本文原刊于《文汇报》2014年10月17日。其后收录于《葛剑雄文集6：史迹记踪》(广州：广东人民出版社，2015）。

大多是出于媒体、网络、公众，或者是非本专业的学者、没有确切出处的“史料”、人云亦云的传闻。他们所关注的并非这些人物的学术成就，而是他们的价值观念、政治立场、社会影响，甚至风流韵事。例如，一讲到民国学术言必称陈寅恪、钱宾四（穆）的人大多并不知道陈寅恪究竟做过哪些方面的研究，往往只是看了《陈寅恪的最后二十年》，也没有读过《国史大纲》或钱穆的其他著作。称吴宓为“大师”的人，根本不知道他是哪一行的教授，只是同情他在“文革”中的不幸遭遇，或对他单恋毛彦文的故事感兴趣。称颂徐志摩、林徽因，是因为看了《人间四月天》，或知道有“太太客厅”。

其实，民国期间的总体学术水平如何，具体的学科或学人处于何种地位，有哪些贡献，还是得由相关的学术界作出评价，并不取决于他们的社会知名度，更不能“戏说”。影视创作可以以民国的学术人物为对象，戏说一下也无妨，但他们的真实历史和学术地位不能戏说。

那么，今天应该怎样看民国期间的学术呢？

毫无疑问，这是中国学术史上重要的篇章，是传统学术向现代学术转化的关键性时期，也是现代学术体系创建的阶段，各个学科几乎都产生了创始人和奠基者，造就了一批学贯中西、融汇古今的大师。

从晚清开始，西方的自然科学（声光电化）被引进中国，在回国的早期留学生与外国学人的共同努力下，到民国期间基本形成了学科体系，建立了专门的教学和研究机构。社会科学各学科也是从西方直接或间接（如通过日本）引进并建立的。就是人文学科和中国传统的学问，也是在采用了西方的学科体系、学术规范和形式后才进入现代学术体系的，如大学的文史哲院、系、专业或研究所，论著的撰写、答辩、评鉴，学历、学位、职称的系列与评聘，学术刊物的编辑出版，学术团体的建立和发展等。

以我从事的历史地理学为例，在中国传统学术中是沿革地理，属史学的一个分支，主要是研究疆域的变化、政区与地名的沿革和黄河等水道的变迁，其源头可以追溯到《尚书·禹贡》。而中国传统的“地理”也不同于现代地理学，只是了解和研究历史的工具。在现代地理学传入中国后，沿革地理才有了历史地理这样的发展目标，才发生了量和质的进步。二十世纪三十年代初，大学开的课还用“沿革地理”或“沿革史”的名称，1934年创刊的《禹贡》半月刊的英文译名还是用 *The Evolution of Chinese Geography*（中国地理沿革），但到1935年就改为 *The Chinese Historical Geography*（中国历史地理）。五十年代初，侯仁之先生提出创建历史地理学的倡议，自然是他接受了在英国利物浦大学的博士导师、国际历史地理学权威达比教授（Henry Darby）的学科理论和体系的结果。

民国时期的学术水平如何，就自然科学和社会科学而言是有国际标准的。尽管有少数科学家已经进入前沿，个别成果达到世界先进，但总的水平还是低的。人文学科的具体人物或具体成果很难找到通用的国际标准，但如果用现代学科体系来衡量，显然还处于初级阶段。如果在中国内部进行阶段性比较，则除了个别杰出人物，总体上远没有超越清朝。而今天的总体学术水平，已经大大超越了民国时期。至于杰出个人的出现，主要是因为他们的天才得到了发挥的机遇，与整体水平没有必然联系。而且历史上出现过的学术天才，或许要经过相当长的时间才可能被超越，甚至永远无法被超越，民国时期也是如此。

正是由于这些特殊情况，到了今天，民国的学术往往会被高估。因为每门现代学科几乎都是从那时发轫或成长的，今天该学科的专业人员，除了直接从国外引进的，一般都是由当初的创始人和奠基者一代一代教出来、传下来的，这些创始人、奠基者自然具有无可争辩的、崇高的地位。中华人民共和国成立后留在大陆、以后成为大师的学人，大多是在民国时期完成了在国内外的学业，已经崭露头角。尽管他们的成就大多还是在中华人民共和国成立后取得的，但也被看成民国学术水平的代表。

历次政治运动的消极影响和破坏作用，更加剧了这样的高估和偏见。有的学科和学人因学术以外的原因被中止或禁止，形成了二三十年的空缺，以致到了改革开放后这门学科恢复，还只是民国时期的成果独领风骚，一些学者的代表作还是当初的博士、硕士论文。例如费孝通的《江村经济》，本来早就应该被他自己的新作或他学生的成果所超越，但由于1952年院系调整时社会学科被取消，费孝通被划为右派，《江村经济》也被当作“毒草”批判，从此消失。一部分民国学人的论著被查禁，像我们这一代人从小几乎一无所知，更不用说更年轻一二代的人。我在1978年考上研究生后，才在专供教师和研究生使用的参考阅览室中看到一些民国学术著作，而直到

1985年游学哈佛，才有比较全面了解民国学术的机会。

毋庸讳言，一些人对民国学术的评价、对民国学人的颂扬是出于一种逆反心态，是以此来显现、批判今天学术界的乱象，表达他们对目前普遍存在的学术垃圾、学术泡沫、学术腐败的不满，对某些混迹学林的无术、无良、无耻人物的蔑视。就像赞扬民国时的小学课本编得多好，就是为了对比今天的课本编得多差一样，应该促使我们反思，推动当前的改革，而不是压制这种另类批评。

舆论与公众出现这样的偏差，学术界本身也负有一定的责任。本来，学人学术研究的成果和水平，应该让公众了解，才能获得应有的尊重，才能充分发挥社会效益。即使是高深、特殊的学问，也应该用浅近的语言、形象的方法向公众介绍。在媒体出现不实报道、舆论误导公众时，学术界要及时予以澄清和纠正，要主动提供正确的事实和评价。但由于学术界往往脱离公众，或者不重视社会影响，对一些本学科视为常识性错误或胡编乱造的“史实”不屑、不愿或不敢公开纠正，以致积非成是，形成“常识”。

例如，在季羡林先生的晚年，从大众媒体到国家领导，无不将“国学大师”当成他的代名词，有时连他的“弟子”也被尊为“国学专家”，甚至“大师”。在学术界，特别是他的同行和学生心目中，季先生当然是无可争议的大师，但大家都明白他的主要学术贡献并不属国学的范畴，而滥用“国学大师”实际是贬低了他其他学问的地位，如季先生主要研究的印度学和梵文。但谁都不好意思或不愿意向公众捅破这一层纸。当我在报纸上发表质疑季先生“国学大师”身份的文章时，好心的朋友劝我应该给老人留点面子。我说：正因为我尊敬季老，才要在他生前纠正他身不由己地被误导的情况，而不是在他身后批评。所幸不久后季老公开表明了他不是“国学大师”、要求摘掉这顶“帽子”的态度。

我还看到过一篇“钱锺书拒赴国宴”的报道，据说他在江青派专人邀他参加国宴时不仅断然拒绝，而且谢绝来人为他找的“没有空”“身体不好”的借口，要求直截了当回复江青“就是不想参加”。一些媒体纷纷转载，使钱锺书的形象又增添了学术以外的光环。我觉得这既不符合“文革”期间的史实，又不符合钱先生的行事风格，在看到对杨绛先生的一篇访谈后，更断定这是夸大失实的编造，就写了批驳文章发表，此后似乎再未见到这则故事的流传。

对先师季龙（谭其骧）先生，又有一些不实传闻，如毛泽东曾多次就边界纠纷征询他意见，林彪也向他请教历史地理。实际上谭先生从未有与毛泽东交谈的机会，唯一近距离见到毛泽东的机会是参加他在上海召开的一次座谈会。但因临时通知不到，谭先生赶到会场时座谈会已结束，大家留着看戏，他看到的只是坐在前排的毛泽东的背影。所谓林彪求教历史地理，实际是他奉命为“首长”叶群个别讲课，当时他根本不知道这位“首长”就是林彪的夫人。如果我顺着这些传闻扩展，或者保持沉默，完全可以给后人留下学术神话，并且会被人当成史实。但我选择在《悠悠长水：谭其骧传》中如实揭开谜团，复原真实的历史。

纪录片能成为历史的一部分吗[1]

我从小爱看新闻纪录片，或许与我喜欢历史有关。开始只能在其他正片放映前，看到插入的编了号的《新闻简报》。到我读中学时，上海开了一家红旗电影院，专门放新闻纪录片，每场连映若干号《新闻简报》。最吸引人的还是国庆等专题纪录片，都是彩色的，不仅有国庆招待会、天安门广场大游行等壮观场面，还有最新建设成就和祖国美丽风光。像原子弹爆炸、大型音乐舞蹈史诗《东方红》、陈毅副总理召开记者招待会等，有的看了不止一遍。到“文革”期间看到大字报和小报上的揭发材料，才知道有些新闻纪录片其实并非事实。

1998年初我在日本的国际日本文化研究中心当客座研究员。该中心收藏了大批侵华战争期间的纪录片，我陆续看了伪满制作的部分新闻片录像。打开《新闻简报》，竟然十分熟悉，从音乐、片头到报道的方式与我以前看的《新闻简报》如出一辙。原来这种形式本来就是“满映”（株式会社满洲映画协会）的首创，“满映”被接管为东北电影制片厂后得以延续，以后又为中央新闻纪录片厂所继承。这

1　本文先后收录于《科学人文书系：守旧与更新》（上海：上海科学技术文献出版社，2014）、《葛剑雄文集5：追寻时空》（广州：广东人民出版社，2015）。

些简报的内容，无一不是美化日本帝国主义，宣扬伪满的建设成就，为汉奸卖国贼招魂。如有一集是东北的兵工厂生产飞机，还有女工在装配；有一集是一批学生赤身裸体在操场上集体操练；有几集专门报道“汪主席”（汪精卫）在名古屋去世及其尸体运回南京，众汉奸在机场迎接。这些资料看来的确是在现场拍摄的，至少记录下了专门制造出来的事实，在今天依然是有价值的史料，但显然不能仅仅根据它们来编撰历史。

“文革”期间我在中学当教师，学校奉命组织了一支学生迎宾队，不时到机场、车站或马路上迎送外宾。学生穿着鲜艳的服装，打着腰鼓，整齐地呼着口号，每次都成为记者拍摄的对象。我发现之后播放的镜头，往往都是提前拍的或事后补拍的，因为真正当外宾到达时，学生往往达不到最佳的表演状态，动作不那么整齐，甚至还来不及表演，外宾就过去了。对外宾和陪同的领导人的活动拍摄也是有选择的，有些我在现场看到的事从未出现在镜头中。印象最深的是去虹桥机场欢送埃塞俄比亚皇帝海尔·塞拉西一世离开上海那次，一进机场就发现停着很多卡车，还有不少陆军军人，还看到王洪文（当时任上海市革命委员会副主任）穿着军装。周恩来总理在陪同皇帝登上专机后，又走下舷梯，在我前面不远处与送行的张春桥（当时任中共中央政治局委员，上海市委第一书记、市革会主任）单独讲了很久，然后才上飞机。由于专机一直没有起飞，腰鼓不能停，带队老师只能指挥学生一遍遍敲下去。事后才知道这是林彪出逃后第一次公开接待来访国宾，此时事件尚未公开，内部高度紧张，而王洪文已被任命为上海警备区第一政委。当然，以后在纪录片中是看不到我亲历的特殊现象的。也有无法避开的镜头，每次迎送西哈努克亲王夫妇时，紧随其后的总是宾努亲王，以他标准的动作伸颈颤头，因此在事先对学生的“外事纪律”教育中特别强调不能笑，不能盯着他看。又如欢送塞拉西皇帝前的教育内容有：皇帝讲排场，随员和行李多，要出动一百辆上海牌轿车；皇帝后面排第三位的一位女人为他牵着一条狗；不要大惊小怪。

在我从事历史研究后，这些往事被我重新思考，使我想到了历史与新闻的关系。在《历史学是什么》(北京大学出版社，2002）一书中我作过这样的归纳：

> 有一种观点认为，凡是过去的事情就是历史。这种说法过于简单了，其实我们能感知到的一切，等到感知了，都已经成为过去。新闻中报道昨天开的会，那当然已经过去了，就算是现场直播，等到你看到画面，听到声音时，这声音与画面本身也已成为过去了，那么是不是整个世界的一切存在都成了历史呢？这显然是不妥当的，也是不可能的。历史是过去的事，但过去的事并不等于历史。

历史不是一个纯客观的存在，而是人们对以往的一种记录和认识。既然是人们对以往的记录，就不可避免地会带有人的主观性和选择性。要使历史记录更符合事实本身，我们所称的“历史”就应该和“现在”有一定的时间间隔，离记录者、传播者、阅读者都要有一定的时间间隔。如果没有一定的时间间隔，人们所看到的并记录下来的事实，不一定就是事实的真相，或者不一定就是事实的最主要方面。因为同一时间内发生的事情太多，即便同一件事情，也有着纷繁复杂的各个方面，写历史不可能把它们全部记录下来，必然有所取舍。没有一定的时间间隔，发展还在继续，我们就无从判断哪一个或哪些方面更有历史价值。

我以奥运会、世界杯足球赛之类大型赛事为例。作为历史的撰写，最好是等比赛结束以后，我们根据比赛的结果，确定比赛中哪些应该重点描写，哪些可以只写一个统计数字，哪些则可以完全忽略。这就与新闻强调现场性、时效性截然不同了。这还只是个相当简单的例子，整个人类社会的历史，或者一个国家、一个地区的历史，远比体育比赛要复杂得多。所以就要过一段时间，有一定阶段的间隔，形成一个比较稳定可靠的说法以后，我们才能把它作为历史记录下来。

新闻可以是编写历史的数据源，但是新闻绝不等于历史。例如我们现在研究第二次世界大战，当时的大量新闻报道就是很重要的、很具体的史料。但另一方面，今天我们也可以发现，其中不少内容并不符合实际，或者是纯粹出于某种需要制造出来的假新闻。当时或出于某种目的，有其必要；或者是受到诸多局限，不得不如此发布新闻。还有一些新闻内容是相互矛盾的，我们就要通过认真研究，并参考其他史料加以分析鉴别。这些在当时或现场是根本无法做到的，只能在有了一定的时间间隔以后才有可能。

至于这个间隔要多久，一般来说至少是一代人。国外有二十或三十年后解密档案的制度，为什么要定二十至三十年呢？大概就是因为隔了一代人，经过二三十年时间，上一代人基本上都去世了，或离开政治舞台了，下一代人才可能不受上一代影响，比较客观地接受事实。

中国自古以来就有生不立传的传统，一个人还健在的时候一般不给他写传记，要等他去世以后，甚至去世以后过很长一段时间才能写。以前有句话叫“盖棺论定”，就是这个意思。

历史离现实要有一定的距离，除了上述时间上的距离，还要有空间上的距离。如果历史的撰写者和研究者就是这段历史的亲历者，对了解历史真相固然有好处；但如果撰写者和研究者离现场太近了，或者自己就是其中的一员，就很难摆脱自身的影响，反而不容易做到客观和真实。我们经常看到一些人写的回忆录，且不说那些根本没有回忆资格的人所假造的“亲身经历”，就是真有亲身经历的人，也是言人人殊，原因就是他们无法摆脱自我，不能实事求是，因而出现为尊者讳、为亲者讳、为贤者讳、为本人讳、为恶行讳这类通病。

按这些观点来看纪录片的拍摄和制作，可以肯定以下几点：拍摄者纪录的素材既可以是新闻，也可能是史料，因此要尽可能接近第一现场和第一时间，尽可能客观地拍摄。但是真正的完整和全面是不可能做到的，这需要拍摄者既有新闻头脑，又有历史眼光，抓住最有代表性的场景、最有冲击力的镜头，注意寻找独特的角度。在可能的条件下，尽可能多地留下素材。

拍摄者的眼光和能力，是最重要的、第一位的。随着科学技术的进步和器材成本的降低，监控器和自动拍摄机将越来越普及，使普通监控机的录像达到播放质量并能无限量存储的前景指日可待，通过卫星、无人飞机或特殊设备，长期拍摄敏感地区、危险地区或不便人类活动地区，也将不存在技术上的困难。但个人在现场的灵感和创造力是无法取代的，而这些都来自拍摄者的天赋、总体素质和价值观念。

偶然因素也是可遇不可求的。汶川大地震后，我看到过一段大震来临时都江堰市内的情景。事先得知，拍摄者是都江堰电视台的记者，地震发生时正好背着摄像机外出，才能够在第一时间加以记录。不过，即使同样有这样的机会，不同拍摄者的成果肯定也是不同的。

记录人类社会与记录自然现象是不同的。记录自然现象当然是越及时越靠近越细致越好，而记录社会现象时却会受到被记录者的局限和个人以外的影响及干扰。以近来颇受拍摄者关注的滇西抗战幸存老战士为例，记录他们的最佳时机无疑就是当初的战事现场。可惜那时不可能有现场拍摄者和合适的拍摄器材，大多连照片都没有留下一张。第二段合适的时机是他们年富力强时，可是那时大部分将士已随国民党军队远走他乡，有的被李弥带到了缅甸。到了今天，硕果仅存的滇西抗日和远征军老战士，成了纪录片制作者最宝贵的资源。可惜他们已风烛残年，有些人记忆不清、表达困难，有些人甚至还来不及将自己的经历说完就已撒手人寰。但是，此时能够留下的纪录恰恰是六十多年来最可信的，因为除了生理上的障碍，这些老人已不存在什么顾虑，他们无不希望在离开人间前为自己、为战友、为家人说出这一段真相。不可否认，有的老人已经言语不清，有的回忆已经明显错误，有的完全丧失了表达能力，所以这种可信也只是相对的，这是记录历史的局限和无奈。

正因为如此，有历史担当的纪录片应该与现实保持一定的距离，不必在拍摄对象刚刚出现、完成或过去时就匆匆忙忙地制作，以免受到政治、经济、社会等各方面因素的影响或限制，也避免陷入利益、感情、观念的陷阱。还有些涉及国家机密、社会禁忌、个人隐私的内容，在一定的时间内不能公开，但过了一段时间，有些内容就解密、淡化或消除了，此时再来制作，至少会有更多的真实性，回旋的余地更大。例如，现在创作朝鲜战争、“两弹一箭”等的纪录片，肯定会比当初拍摄的新闻报道更接近历史事实。

历史是客观存在的，记录历史也应该以事实为基础，创作历史题材的纪录片同样如此。但在运用历史事实和历史研究的成果时，可以并且应该有所选择，应该顾及国家和群体的利益、公众的感情和接受程度、法律和伦理的底线。在涉及国家利益、民族关系、宗教信仰、民风民俗、个人隐私时，选择和回避是必不可少的。纪录片总有长度的限制，创作者对素材的选择总会受到制约。在这种情况下，创作者的主观意图和价值观念显而易见，不可能是纯客观的。

如BBC制作过一部《人民的世纪》，回顾二十世纪的一百年，每年拍一集，我印象中都不超过一小时。在如此短的时间内反映全世界在这一年中的变化，不选择行吗？

但无论如何选择，绝不能造假，包括不能通过剪辑或其他技术手段造假，也不能用引导观众怀疑、误解历史事实的方式设置“悬念”，否则就不能称其为纪录片。为了制造效果，或帮助观众认识历史真相，使用一些复原性的、仿造的或借用的场景是允许的，使用得当的确能加深观众的印象，有利于彰显史实。但这些场景应该以不违背史实为前提，或者是普遍适用的、中性而不带感情色彩的、虚化的。现在有的纪录片随意采用同类素材，甚至直接采用虚构的历史剧中的场景，是有相当大风险的。国内外都有一些重大事件的历史性镜头，实际是事后补拍的。作为新闻报道，这种做法无可厚非。作为历史的纪录片，这些素材并不足取。

采用这类间接的素材，还应注重细节。例如，一部历史纪录片提到三国时，用了一段影视片中的作战场景，骑兵举着的旗帜上有一个大大的“蜀”字。其实刘备用的国号是“汉”，“蜀”是后人或他人的称呼，绝不会出现在刘备方面的战旗上。又如，有的纪录片用了董希文创作的油画《开国大典》，却没有注意这幅画曾被修改。如果不是为了显示这幅画本身的沧桑，则应该使用原始的画作，否则还谈什么历史？

为什么要报考历史专业[1]

如果问你为什么喜欢看历史书，你可以回答因为喜欢，或者因为有趣；但如果问你为什么要报考历史专业，你的回答就不应该只是喜欢或有趣。因为报考历史专业与看历史书不同，如果只是想看历史书，或者觉得历史书有趣，完全可以报考其他专业，以后在课余、业余时间也能看。在大学毛入学率还不到百分之四十，大学也不属义务教育的条件下，考大学必须经过激烈的竞争，上大学得花不少钱，个人和家庭总得考虑一下是否必要。大学毕业后还有择业竞争，一般来说，所学的专业与就业有比较直接的联系，未来若干年内就业压力还会存在，选择专业时不能不考虑这一因素。所以，不能仅仅为了兴趣而报考历史专业。

那么，什么样的人适合报考历史专业呢？我认为有两类人：一是希望并且有条件从事历史研究的人，一是希望并且能够将历史作为工具运用的人。

第一种人当然是以喜爱历史为前提的。如果到了高中毕业还对历史没有兴趣，更不喜爱，何不早些改变？但仅有兴趣不够，还得

1　本文原载于2015年6月15日的腾讯网《大家》专栏。

看是否有基本的条件。每个人有不同的天赋，除非有特殊的、不得已的原因，都应该用其所长。如果自己把握不准，可以请熟悉自己情况的老师、长辈、朋友分析一下。如果想从事历史研究，光读本科是不够的，最好接着读研究生，毕业后争取在研究型大学或研究所工作。

但专业研究是艰难的、寂寞的、枯燥的，有时甚至会很痛苦。特别是像历史这样的传统学科，要想取得突破性的成绩并不容易。新发现的或得到解读的文献史料、遗址遗物可能提供前人未见的证据，借助新的科学原理和技术手段也可能破解前人无法解决的难题，但多数历史学者没有那么幸运，期望值不能太高。在本科阶段还要作语言和相关学科专业知识的准备，如准备研究中国史的要能熟练阅读文言文，即使是研究近代史，要知道民国年间大量文书、函电就是用文言写的。准备研究外国史的，除了要学好通用的英语、法语等，还得学好对象国的语言。这些都需要较长时间，到研究生阶段再学往往太迟了，或者时间不够了。有志于研究专门史的，最好利用本科阶段学习相关学科，如文化史、经济史、宗教史、民族史、外交史等，都需要掌握相应的基本理论和基础知识。在此过程中如果感到力不从心，尽了努力还是适应不了，不如改变目标，成为运用型的历史学者。

即使是最富裕国家的历史学家，也不可能仅仅依靠学术成就成为富翁。他们能过体面的生活，有受人尊敬的社会地位，却不可能获得多少财富。就是在知识产权最值钱的国家，纯学术著作也不可能拿到多少版税。除非你能写发行量大的畅销书，参与以历史为题材的影视娱乐产品，或从事以历史为资源的商品交易和市场活动。一句话，想发财致富而又有这样能力的人，还是别选择当历史学家。如果对历史有兴趣，尽可在发财后当作业余爱好，或者用钱购买历史类的服务。

第二种人是通过接受大学的历史专业训练，将历史作为未来的运用手段，或者作为提升自身素质的一部分。这部分人在大学毕业后，主要选择与运用历史知识有关的职业，如历史教师、历史编辑、文博档案、文化传播、文化服务、文秘等。所以除了要学好历史，也得打下与自己目标相关的基础。如当教师应有良好的表达能力，当编辑应具备文字功底，文化传播自然要掌握传播理论和手段，否则到时未必如愿以偿。近来历史专业的毕业生经常在就业率中垫底，一个主要原因就是他们在校期间没有做好提高运用能力的准备，所以对这些岗位缺乏竞争能力。其实，随着现代服务业、新媒体、文化产业、网络经济等新产业的发展，对历史运用的需求是相当广泛的。

有些人原来是以历史运用为目标的，但以后兴趣提高了，发现了自己的潜力，也不妨调整目标，毕业后继续读研究生。但因为怕找不到工作而临时起意，即使侥幸考上了，会读得很辛苦，前程也未必美好。

如果将读历史专业作为提高自身素质的途径，也应全面考虑自己的条件，如今后的谋生手段、对拟从事的职业的适应性、进一步发展的方向等，不能盲目模仿或攀比。

已故国家副主席、“红色资本家”荣毅仁是圣约翰大学毕业生，读的是历史系。作为荣氏家族的第三代传人，自然不需要也不会考虑毕业后的出路，荣家看重的是圣约翰大学的声誉和毕业生的综合素质。他们更明白，荣毅仁需要的是驾驭全局的能力，而不是具体的管理手段和技术水平。如果是一个小企业主家庭，恐怕不会让子女上学费昂贵的大学，学对他们的企业没有直接用途的专业。

历史专业和历史学的训练，无疑会给予每一位认真的接受者重大影响，至少是有着潜移默化的作用，也会影响其逻辑推理、分析等综合能力，影响其人生观、价值观和世界观。但这类影响因时而异、因人而异，往往是可遇不可求的。

所以，以提高综合素质为目的的历史专业学生，不应拘泥于具体的历史知识，不要停留在史料的阅读和记忆，而应加深对历史理论、历史观念、历史规律的理解，也可对不同的研究方法作些尝试。

第三编　学者·藏书

《周有光百年口述》读后[1]

2014年1月，在恭贺周有光先生一百零八岁寿辰时，我写过这样一段话：

> 天之降大任于斯人，必予以优秀遗传基因，使之健康长寿，智力超常；须自幼接受良好而全面的教育，使之具备全面优良素质，掌握古今中外知识；给予历史机遇，既使其历尽艰辛，又获得发挥其智慧才能的机会。更重要的是，本人在大彻大悟之后，能奉献于民众、国家和全人类。古往今来多少伟人天才，具备这四方面条件者罕见记载。而周先生不仅具备，还创造了新的纪录。

这本《周有光百年口述》(以下简称《口述》)，就是一项新的纪录。

《口述》的基本内容，是根据周先生在1996年至1997年间的口述录音整理的，在2014年补充了一段“尾声”。周先生口述时已

1　本文原载于2015年4月2日的腾讯网《大家》专栏，原题《一位智者口中的百年中国》。

九十一岁，但他所说的内容并不止这九十一年，也追溯他的家世和见闻。而在补充“尾声”时，周先生已是一百零九岁，称之为“百年口述”名副其实。

周先生的长寿、完成口述时的高龄、高龄时的记忆和思维能力世所罕见。这部回忆录内容的丰富程度，在中外名人中是少有的。涉及的重大历史事件，包括“五卅”惨案、救国会、抗日战争、西迁大后方、民主运动、国共合作、太平洋战争、“二战”胜利、战后美国、思想改造、文字改革、汉语拼音方案的制订、“大跃进”、人民公社、“文化大革命”、“五七”干校、尼克松访华、唐山大地震、改革开放、早期国际交往、《中国大百科全书》的问世、国际标准化组织的活动等。涉及的地区有日本、美国、英国、法国、意大利、波兰、苏联、缅甸、新加坡，以及中国从东北到西南、西北到东南与香港等。涉及的人物有吕凤子、屠寄、刘天华、刘半农、孟宪承、陈训恕、张寿镛、胡适、沈从文、尚仲衣、陶行知、梁漱溟、聂绀弩、陈光甫、章乃器、赵君迈、吴大琨、沙千里、宋庆龄、胡子婴、邹韬奋、宋子文、张充和、卢作孚、翁文灏、何廉、梅兰芳、吴蕴初、杜重远、许涤新、陶大镛、徐特立、黄炎培、常书鸿、向达、李方桂、赵元任、罗常培、老舍、杨刚、刘尊棋、刘良模、范旭东、马凡陀（袁水拍）、潘汉年、村野辰雄、李荣、桥本万太郎、倪海曙、叶籁士、马寅初、叶圣陶、丁西林、胡愈之、陈毅、林汉达、姜椿芳、钱伟长、吉布尼、梅维恒、傅汉思、爱因斯坦等。

长寿的人未必经历丰富，经历丰富的人未必长寿，长寿而又经历丰富的人未必愿意并能够将其经历记录下来，周先生口述的价值不言而喻。

记录历史事件时，发挥主导或决定性作用的人，处于重要或关键地位的人，亲身经历或掌握原始资料、证据的人，他们的作用是不可替代的。但他们往往有自己的政治立场、价值观念、切身利益，或为了保守机密，或出于法律限制，往往不愿或不能说实话，甚至自觉或不自觉地编造谎言，制造假象。局外人、无关者和普通人既无利害冲突也无顾虑，可惜他们了解的内容太少，一般不具备记录的自觉和能力。如果不具有一定的判断和正确立场，最终往往只留下片面的甚至极端的印象，出自他们的回忆很可能是以讹传讹，与事实南辕北辙。周先生的优势正是介于两者之间。除了汉语拼音方案的制订和相关的文字改革工作，他不属于这些历史事件的主角或主要人物，但他又一直以一位爱国者的忠诚、学者的睿智、知识分子的良心起着力所能及的作用，以锐利的目光、缜密的思维、细致的分析、客观的立场去观察和记忆。因此，他的回忆兼有两者之利，还能避免双方之弊。

周先生对一些重大事件或人物的回忆，只是从自己的亲身经历或见闻出发，不求全面完整，也没有什么个人追求，更不会制造什么轰动效应。我亲炙周先生的教益和见闻中，有些或许更重要的内容，或许更能显示周先生本人的影响和作用的事，并没有出现在他的回忆中。就是他谈及的部分，也只涉及主要方面。如在口述中他只谈了一次与爱因斯坦的聊天，实际不止一次。他曾告诉我，那时爱因斯坦觉得无聊，很愿意与人聊天，所以在首次见面后，他们又聊过几次。周先生说："因为是他无聊才找我去的，所以后面几次谈了什么我早已忘了。"周先生绝不会因为爱因斯坦是世界名人，就会详细讲述无关紧要的内容。又如反右，是"文革"前中国政治生活中一件大事，也是知识分子刻骨铭心的记忆，但周先生因从上海调入北京、从经济学界转入新成立的文字改革委员会，无惊无险，因此他的讲述只用"不是一个重点单位，但是也必须按照比例划百分之几的右派，因此划了几个青年"一笔带过。章乃器是他的老朋友，周先生说："章乃器是抗日战争之前、抗日战争期间公认的上海左派。可是'反右运动'就定了他是右派。"周先生去看望戴着右派帽子的章乃器，由于不知房号，在一幢八层公寓中一间间敲门，直到最高一层时才找到，"他开门出来，跟我都相互不认识了"，淡淡几笔再现了当时残酷的现实。

周先生当时的口述并非为了出版，主要是为了让后代和亲属们更多了解自己一生的经历。因而有些我听到过的人和事就没有提到，如与周恩来等人的交往、"文革"中的"反动言行"等，这是很可惜的，现在已无法请周先生自己补充了。也正因为如此，除了附录中的一篇短文和两篇采访稿，周先生的口述主要是讲他的经历和涉及的人和事，对自己的看法、建议、观念、思想，并无专门的介绍或阐述。所以要了解周先生的学术贡献和思想观念，特别是他在九十岁后不断思考和探索的新思想、新成果，还是要读他的相关论著。

在该书的"尾声"中，周先生说："我的口述史并非一个完美、完整的作品。但我觉得出错是正常的，批评可指出作品的错误，还可以增加作者与读者的交流，我提倡‘不怕错主义’，反对的意见或可成为成功的基础。所以我不仅不怕别人提出批评，相反更希望听到不同意见。”

我有幸受教于周先生已经三十三年了，深知周先生的态度是真诚的。直到前几年趋谒时，他都会拿出打印好的新作或他感兴趣的材料：“你看看是不是有道理。”“我能看到的材料太少，你大概已看过了。”尽管周先生是罕见的人瑞，但他绝不希望、我们也完全不应该将他当成神。周先生的期望是，他的口述“能让更多人关心中国的前途和历史，从中辨识出谬误和光明”。坦率地提出不同意见，认真纠正一位百岁老人回忆中难免的错漏，就是对周先生最诚挚的尊敬和最热情的祝福。

怀念侯仁之先生[1]

1978年初夏，我收到了复旦大学历史系历史地理专业研究生的复试通知。本来我对考上研究生并没有抱太多希望，只是舍不得放弃试一试的机会，此时就不得不认真对待了。加上当时规定参加复试的人可以享受十天复习假，我就天天到上海图书馆去看书。在那里，我借到了侯仁之先生主编的《中国古代地理名著选读》，也第一次将这个名字与历史地理这门学科联系起来。其实我此前并不了解历史地理是门什么样的学科，误以为是既学历史又学地理。

入学以后，我才开始了解历史地理学，也逐渐知道了导师谭其骧先生以外的其他老师和前辈。我读了侯先生新出版的《历史地理学的理论和实践》和《步芳集》，不仅加深了对学科理论的理解，更折服于侯先生的科学精神和实践经验，也为他优美的文笔所吸引。

1980年，学校指定我担任谭先生的助手，此后先生外出时我一直随侍左右，因此有更多的机会见到侯先生，多次面承教诲。1981

1　本文原刊于《中国历史地理论丛》2014年第1期。并先后收录于《我们应有的反思：葛剑雄编年自选集》(北京：中信出版社，2015)、《葛剑雄文集6：史迹记踪》(广州：广东人民出版社，2015)。

年5月，我随谭先生赴京出席中国科学院学部大会，在京西宾馆见到了来房间看望谭先生的侯先生。他和谭先生同时当选为中国科学院学部委员，同属地学部成员。侯先生比我想象的更年轻，更有活力，其实他与谭先生只相差不足十个月。谭先生刚向侯先生介绍我，他就亲热地说："我也是谭先生的学生，我们是同学。"谭先生忙说："别开玩笑了，以后得多向侯先生请教，你问的那些国外历史地理的问题只有侯先生懂。"

以后我在研究学科发展史和撰写谭先生传记的过程中，具体了解了两位老师早期的交往。他们虽是同年，但谭先生求学时间早，中间还跳了几级，所以在1930年还不满二十岁时就进入燕京大学当了顾颉刚先生的研究生，1932年就登上大学讲台，先后在辅仁、北大、燕京三校当兼任讲师；侯先生入学晚，1932年方进燕京大学读本科，至1936年毕业后继续读研究生深造。侯先生选择燕京是出于对顾颉刚先生学识的仰慕，研究生期间又当了顾先生的助教。顾先生让侯先生选修谭先生的课，一方面固然是专业学习的需要，另一方面也是为了支持谭先生这位年轻讲师。据在北京大学选过谭先生课的杨向奎先生告诉我，当时北大的制度是一门课必须至少有五位学生选，否则就不能开，所以顾先生就动员杨向奎先生等选这门课。

1934年2月，谭其骧先生协助顾颉刚先生创办《禹贡》半月刊，目的之一就是让他俩讲授中国地理沿革史的三所大学——北大、燕京和辅仁——学生有发表习作的园地。顾先生将《〈汉书·地理志〉中所释之职方山川泽寖》一题分给侯先生，促成他在《禹贡》发表了首篇学术文章。四十六年后，侯先生还保持着清晰的记忆：“尤其使我惊异的是这篇文章的结论和结语，都经过了颉刚老师的修改、补充和润饰，竟使我难于辨认是我自己的写作了。这件事大大激励了我，我决心去钻研古籍，就是从这时开始的。”1936年，《禹贡》为编辑《后套水利调查专号》，组织了后套水利调查团赴内蒙古调查，侯先生说：“有机会参加这一工作，又使我初步体会到野外考察的重要。”

1993年秋，我为撰写《谭其骧传》收集资料，实地考察，侯先生以八十二岁高龄坚持步行带我去成府大街蒋家胡同，找到了3号顾颉刚故居，告诉我这就是当年《禹贡》半月刊的编辑部和禹贡学会筹备处。《悠悠长水——谭其骧前传》上用的插图，就是我当时拍下的照片。侯先生又领我去燕南园拜访周一良先生，在那里又谈了不少顾、谭两位先生和燕京的旧事，他们还商量了《燕京学报》复刊事宜。

老师之间的深情厚谊使我们这些学生获益匪浅。二十世纪八十年代刚实施学位制时，首批历史地理专业的博士生导师在全国屈指可数，侯先生属地理学一级学科，史念海先生与谭先生属历史学一级学科，石泉先生也属历史学，但具体方向是荆楚历史地理，其他大多还是硕士生导师。所以当时他们相互之间都要评审其他导师指导的学生，方能达到规定的评审数，也使我们的论文答辩委员会的阵容特别权威而豪华。1983年8月，周振鹤与我作为全国首批文科博士生进行论文答辩，研究生院为我们聘请了侯先生与史念海、杨向奎、吴泽、杨宽、程应镠、陈桥驿为答辩委员。就在前几天，侯先生突然接到通知，万里副总理代表中央赴陕西汉中视察水灾，邀他随行。为保证能参加我们的答辩会，侯先生不顾任务紧迫和旅途劳顿，由高松凡陪同直接乘停在安康的专列来上海，使我们的答辩会如期举行。在招待宴请时谭先生问侯先生：“你本领真大，到哪里都能对付。”侯先生说：“没有办法，接到任务就要出发，只能临时找了几本书，一路上都在看在查。”

1982年初，中国地理学会历史地理专业委员会决定8月份在上海召开首次国际中国历史地理讨论会，由复旦大学筹办。这是历史地理学界第一次举办国际会议，也是复旦大学当年为数不多的几个国际会议之一。学校很重视，对会议筹备作了周到的安排，要我协助做好对外联系。经学会秘书长瞿宁淑女士与几位前辈学者的介绍，很快确定了三位日本学者作为邀请对象。但由于历史地理学界与欧美长期没有交流，了解西方地理学界的人也很少，瞿宁淑与谭先生都认为只有请侯先生介绍。侯先生果然介绍了好几位欧美学者，还详细说明了各人的情况和联系办法。那时还没有互联网，国际电话也无法打，或者根本不会打，唯一的办法就是写信邮寄，所以要是没有侯先生提供的地址就毫无办法。我不会拟邀请信，只能依照样本写了草稿，寄给侯先生改定，然后再如法炮制。虽然出于种种原因，欧美学者未能参加，但美国的哈瑞斯教授寄来了论文，使这次会议增加了国际因素。

侯先生是在燕京大学取得历史学硕士学位并留校工作后，再去英国利物浦大学，由著名历史地理学家达比教授指导，取得地理学博士学位的。在中国地理学界，有这样完整的学历，先后得到中西权威学者培养熏陶，侯先生是第一人，直到改革开放初期也仅他一人。那时一般的会议开得比较长，特别是学术性的工作会议，像学部委员大会、地学部会议、地理学会的会议、国务院学位委员会学科评议组会议，还有成立于1982年底的《国家历史地图集》编委会会议等，谭先生与侯先生都会参加，因此我向侯先生问学求教的机会不少，使我对西方历史地理研究的背景和现状有了一定了解，对外交流学习有了明确的目标。1998年我获得王宽诚基金的资助，选择去剑桥大学地理系访问，联系的指导教师艾伦·贝克教授（Alan Baker）就是达比的学生，与侯先生师出同门。

有一次侯先生告诉我，在美国一所大学，校长向他展示了装在玻璃盒中的“中国文物”，原来是从北京城墙上拆下的城砖。他感慨地说：“有机会我要告诉北京市长，再不重视保护，后人只能到美国去看北京城了。”正是他从国外了解到联合国教科文组织设立“世界文化、自然遗产名录”的信息，引进“世界遗产”的概念，与其他几位全国政协委员联合提案，促使中国正式申报“世界文化、自然遗产”，发展成为今天的世遗大国。

《中国历史地图集》正式出版前，要将序言、编例等译成英文，我介绍了研究生同学、复旦大学英语系的周敦仁。周先生的译文准确典雅，但有几处专门性强、含义微妙之处我没有把握，谭先生嘱我向侯先生和夏鼐先生求教。他们都做了仔细推敲，对个别词他们一致认为，英语中找不到最确切的对应词，只能不得已而求其次。

大约在二十世纪九十年代后期一个冬天的下午，我去燕南园侯先生家中谒见，主要是汇报《国家历史地图集》的进展与其中城市图组的情况。那天侯先生谈兴颇浓，在我汇报完后谈及往事。他告诉我，他是燕京大学校务委员会中唯一还在世的，因为当时他最年轻。燕京校友强烈要求办成三件事，他有责任办成这三件事。但现在只有《燕京学报》勉强复刊，而燕京大学恢复无望，司徒老校长的骨灰不能回到未名湖畔。他叹了口气，说："在我这一辈子是办不成了，对不起司徒老校长。"我告辞时，他坚持要送我出门。地上还有残雪，我力劝他留步，他说他要散散步，我只能请他小心。折过一段短墙，他告诉我这就是冯友兰家三松堂。又走了一段，我建议送他回家。他说不必，我只得伫立目送。

这是我最后一次见到侯先生。而今人天永隔，但那天的情景如在眼前。

记忆中的筱苏（史念海）先生[1]

我第一次看到筱苏（史念海）老师的名字，是在1978年初夏。我因年龄超过三十一足岁，在1977年恢复高考时无法报名。到1978年研究生公开招生时年龄放宽至四十足岁，又没有学历要求，就抓住这最后机会。当时只是为了圆此生“考大学”的梦想，并未寄予多大希望。初试的结果是我获得复试资格，按规定可以享受十天复习假，这才临时抱佛脚，一本正经地复习了。知道复试时要考专业了，但家中和供职的中学根本没有历史地理方面的书，只能去上海图书馆。到了参考阅览室，才发现其他考生早已捷足先登，周围坐的几乎都在准备复试。那天我到得早，居然顺利地借到了《中国古代地理名著选读》。正看着，一位读者过来问：“你是报复旦大学历史地理专业的吧？”因为此专业在上海只此一家，他一猜即中。原来他就是报考复旦历史系的顾晓鸣，经他介绍，认识了同时在复习的、以后成为同门的顾承甫等人。原来他们是因为借不到这本专业性很强的书，肯定室内已有同专业的考生，才找到我

1　本文原刊于《中国历史地理论丛》2012年第4期。收录于《葛剑雄文集6：史迹记踪》（广州：广东人民出版社，2015）。

的。在他们的桌上，我看到了史先生所著《河山集》和侯仁之先生所著《步芳集》。

在以后几天里，我第一次读《河山集》，尽管我那时毫无历史地理专业基础，更不懂他所论述的具体内容，但读来觉得明白易懂，引人入胜。其中的《释〈史记·货殖列传〉所说的“陶为天下之中”兼论战国时代的经济都会》一文的内容我以前并不了解，但读后留下深刻的印象，在以后撰写《西汉人口地理》时还运用于论述关东的经济地理基础。对三国和诸葛亮的历史我是比较了解的，有关史料大多看过，史先生的《论诸葛亮的攻守策略》却使我耳目一新，因为此前我从来没有想到过还能这样考虑问题。

成为复旦大学历史系的研究生后，我开始在先师季龙（谭其骧）先生的指导下，比较系统地学习已有的研究成果，史先生的《河山集》和其他论著自然在必读之列。但直到1981年10月我作为谭先生的助手随同他去陕西师大开会，才有机会瞻仰史先生的风采，接受他的教诲。10月17日清早，谭先生与我在上海登机，经停南京、郑州，下午一时半才到达西安机场。那时没有手机，连打电话都不方便，史先生早早就在机场等候。在出口处，我第一次见到史先生。尽管已年近七旬，身材魁梧的他精神矍铄，热情地向谭先生问候，扶他上车。到了学校专家楼，史先生详细询问助手和接待人员，知道全部安排妥当了才放心。

这次会议安排了考察壶口瀑布。10月21日一早不到八点就出发了，一行四十余人坐一辆大客车，中午就以面包充饥，翻山越岭经过黄龙山脉，晚上七点半才到达宜川。第二天五点半就出发，在孟门山下的公路桥步行至对岸的山西吉县，又返回北行，近距离观赏瀑布。陈桥驿先生在现场讲解，将《水经注》中的记载与现场一一对照，说明自六世纪来地貌的变化。下午从宜川返回，途经白水县晚餐。由于路程长，路况差，直到凌晨一时才回到专家楼。史先生全程同行，还要兼顾安排，比大家更劳累，但第二天早上又出现在专家楼。谭先生对他说:“你胆子真大，带着我们这批老头走那么一次。”史先生笑着说：“这条路我走了不止一次，没有问题的。”原来在“文革”后期，陕西省军区为了落实战备，请史先生为他们研究历史军事地理，专门调拨一辆吉普车给他用，史先生如虎添翼，走遍了黄土高原各地，为《河山集》开了新篇。

1986年秋，谭先生应河南安阳市之邀参加七大古都的论证会。安阳应列为七大古都之一的观点是谭先生提出来的，得到了由史先生发起成立并担任会长的中国古都学会的响应和肯定。会议期间考察了安阳、内黄、汤阴等地，谭先生和史先生全程参加。当时一些考察点尚未通汽车，离公路有一段距离，有时还是走山路，史先生健步如飞，毫无倦容。去内黄时一路黄沙滚滚，从停车处进寺庙时就像走在沙漠中，步履维艰。看史先生踩着稳健的步伐，我仿佛看到了《河山集》中他考察过的路程在不断延伸。

第一次见到史先生时，他就对我说:“我也是谭先生的学生。”关于这段历史，在我为谭先生起草自传稿时已经听谭先生说过了。其实史先生只比谭先生小一岁，出生于1912年。不过因为谭先生上学早，中间又跳了几级，所以到1933年，谭先生已毕业于燕京大学研究院，并在辅仁大学兼中国沿革史的课了，而史先生上学较晚，还是辅仁大学的学生，选修了这门课。此后，史先生就与谭先生成了禹贡学会的同人，并且是学会的驻会会员、顾颉刚先生的学生，与谭先生师出同门。中国地理学会设立历史地理专业委员会后，他与谭先生同为副主任。他还担任过陕西师范大学副校长、省民主党派负责人。但他对谭先生一直执弟子礼，往复信函中都是如此，前辈的谦恭风范令人感动。

但在学术讨论中，他们却总是当仁不让，毫不含糊。二十世纪七十年代末，谭先生研究西汉以前的黄河下游河道，意外地发现了一条《山经》中记载的下游河道，并对西汉前的黄河下游河道作出了多次改道的新说，撰写了两篇论文，其中涉及史先生以往论著中的观点。谭先生将文稿寄给史先生提出商榷，史先生仍坚持己见，覆长函辩论。谭先生进一步查找文献，仍不同意史先生的观点，又逐点讨论，并最终写入论文公开发表。有一次他们对本地学者王重九的一篇论文产生分歧，谭先生认为王文不失为一家之言，可以在《历史地理》上发表；史先生觉得王文学术水平差，观点牵强，不值得发表。他们之间不仅书信往复，还当面发生争执。我见他们言辞颇激烈，又不便插话，只能避之室外。但等我返回时，他们已恢复平静，继续谈其他学术问题。他们之间的友谊和合作并未受到学术观点不同的影响，当史先生的历史军事地理论文结集出版时（即《河山集》四集），谭先生热情地撰写序言，给予高度评价。而当谭先生主编《国家历史地图集》时，史先生欣然出任编委，担任农业图组主编。

真正的学者

——悼石泉先生[1]

2005年3月初在武汉大学作学术讲座时，得知石泉先生病情加重。当时我的日程很紧，在武大只停留半天，也怕干扰他正常的治疗和休息，只能遥祝他能安渡难关。岂料到五一长假期间就听到石泉先生离去的消息，深以未能见到他最后一面为憾。

石先生与我虽无师承关系，但我一直将他视为老师。这不仅是因为他长我二十多岁，是历史地理学界的老前辈，而且是因为在我的心目中，他是一位真正的学者。

石先生以治荆楚地理知名，但曲高和寡，赞成他的具体结论的人不多。由于石先生的论证结果，是从根本上改变了原定的，并为绝大多数人所接受的地名体系，所以旁人无法在两者间调和或兼顾，只能作非此即彼的选择。1989年8月，石先生将他的论文集《古代荆楚地理新探》赐我，我认真地读了他长达五十六页的自序，他数十年来孜孜不倦的探索过程和严谨的治学方法使我深受感动。但在

1　本文先后收录于《石泉先生九十诞辰纪念文集》(武汉：湖北人民出版社，2007)、《葛剑雄文集6：史迹记踪》(广州：广东人民出版社，2015)。

读了几篇论文后，对他的立论仍未理解。后来见到石先生时，他问我对他的书有何看法。面对这样一位真诚的长者，我不敢隐瞒自己的观点，只能回答说，我还没有看懂。他淡然一笑："我知道，连我的学生也不同意我的观点。"石先生继续坚持他的探索，这也没有影响他对我的厚爱。几年前，我到武汉大学作讲座，讲座即将开始时石先生出现在座位上。这给了我意外的惊喜，也使我深感不安，因为我知道他一般不参加这类活动，而且我讲的内容完全不值得他亲自来听。

石先生给我的印象一直是平和淡泊，与世无争。但他对学术的不正之风却深恶痛绝。1982年春，以某人自吹自擂为依据的一篇报道在国内主要媒体上发表，8月初石先生来上海开会时，就要我转告先师谭其骧先生，建议对此人的行为予以揭露批评。他告诉我，报道中提到的那次楚史讨论会他正好在场，到会的美国学者并没有对此人作什么赞扬。此后的一次会议期间，他对某位学者近年的学风也作了尖锐的批评，他说："某某是应该给你们年轻人作出样子的，怎么能这样不负责任？他现在写的东西太随意，重复也太多。"

石先生长期担任民进湖北省委会负责人和湖北省政协副主席，完全可以享受副省级待遇，但他在参加学术活动时，始终只愿接受普通学者的身份。有一次他到上海来开会，由于旅客多，站台上太挤，他在学生们的帮助下才从窗口登车。在学术会议期间，他从不接受高于其他教授的照顾，也不愿在主席台就座，对先师和侯仁之、史念海等先生十分尊重，遇同辈人也总是谦让在后。有一次听中国社科院近代史研究所的张遵骝先生闲谈，才知道石先生是他表弟，原名刘实，1949年前曾为革命作过贡献。但从未听石先生谈及，连他的学生也不知道。

古人所谓“立功、立言、立德”，石先生可以当之无愧。武汉大学在人文社会科学学科首批评选资深教授，石先生名列其中，实至名归。无论石先生的学术观点和研究结论今后是否能为学术界所接受，他对历史地理学的贡献和对荆楚历史地理的开创之功永不可没。作为一位真正的学者，他铭记在我们后学的心中。

稽山仰止　越水长流

——怀念陈桥驿先生[1]

陈桥驿先生著作等身，驰誉中外，以九十二岁高龄辞世，称得上功德圆满。但我在网上见到这几个字时，还是感到非常突然，因为本来以为陈先生会像侯仁之先生一样寿享百龄；同时也不胜悲痛，因为我并不仅是陈先生的私淑弟子。我虽出生于浙江吴兴县南浔镇（今属湖州市南浔区），祖籍却是绍兴，父亲是从绍兴迁出的。陈先生是绍兴乡贤、当代绍兴学术泰斗、绍兴文化的杰出代表，听到他浓重的绍兴口音，就像听到父辈间的言谈那样，特别亲切。师友间还说过这样的笑话：陈先生讲英语也是绍兴口音。陈先生更是绍兴百科全书，我以往从父辈那里获得的对故乡一知半解的内容，只要向陈先生请教，就能得到完整的答案。听陈先生用绍兴话娓娓道来，就是一堂生动的乡土历史地理课。近年来，有几次谒见陈先生的机会，特别是庆贺他九十大寿那次，可惜我正好出国开会。2014年两次去杭州，一则来去匆匆，找不到谒见先生的合适时段；一则怕意外的拜访会影响老人正常的作息。最后两次见到陈先生的情景

1　本文原刊于《中国历史地理论丛》2015年第2期。

令我记忆犹新。一次是在萧山一个小型研讨会，会议主持人请陈先生发言，本来只是希望他礼节性地讲几句，大概因为陈先生在前面的发言中发现了批评对象，一开口就提高了声音，越说越激动，一发而不可收。另一次是在绍兴文理学院召开的学术研讨会，开幕式在大礼堂举行，陈先生坐在主席台上，我也坐在他旁边。各方代表登台致辞如仪，一般都只有短短几分钟。岂料一位地方旅游局的官员照本宣读，十分钟过了还没有完。陈先生忍不住了，在座位上大声说："好了好了，不要再浪费时间了。"因为会场大，他前面没有话筒，大家没有听见，那人照讲不误。我刚想劝陈先生忍耐，他突然站起来，走到那人面前，用他的绍兴英语大呼："You wasted our time!"此人大概不懂英语，更听不懂绍兴英语，一脸茫然，不知所措。我赶快走过去，一面劝陈先生息怒回座，一面对那人说你的发言时间到了，还是别讲了吧。我很担心，如果见到陈先生时不小心提及某人某事，会引起他的激动，岂料就此永远失去了机会。

第一次见到陈先生的名字是在读研究生时，我在教师阅览室找参考书，发现一本小册子署着这个熟悉而又陌生的名字——我从小就看过赵匡胤在陈桥驿黄袍加身的故事，但是第一次见到有书的作者叫这个名字。再一找，发现他的书很多，覆盖面很广，留下深刻印象。不久在谒见季龙（谭其骧）先师时，就问起陈先生。先师告诉我陈先生是杭州大学地理系的副教授（不久就晋升为教授），"他能干得很，下次开会你就可以见到他了"。先师又说："陈先生真是自学成才的，你得好好向他学。"

入学不久，谭师给我们上课。在介绍学术动态和学术成果时，他特别以陈先生对宁绍平原的研究为例，证明历史文献与实地考察相结合就能填补空白，取得重要成果。以后我还听到过谭师对这项成果多次赞扬。

记不得在什么时候、在哪里第一次见到陈先生。因为从1980年学校指派我担任谭师的助手后，他外出开会、讲学、参加答辩、考察等我都随侍左右，而这些活动中经常能见到陈先生。与陈先生熟悉后，我就直接写信、打电话，或去他房间求教，正事问完后还天南海北聊一回。陈先生也不以为忤，只要接着没有其他安排，总是乐意谈下去。当然，谈得最多的还是与绍兴有关。陈先生博闻强识，往往兼及一些前辈和学界的美谈逸事。

印象最深的一次是1986年秋，陈先生邀谭师去杭州参加浙江省地名办与《浙江省地名大辞典》编委会的一次会议，同去的还有邹逸麟先生。谭师在大会作了学术报告，参观了新整治的一段运河，陈先生从接站起就全程陪同，会后又一起去绍兴，陪谭师参观了青藤书屋、沈园、兰亭、东湖。谭师病后不良于行，陈先生不仅再三关照我小心，关键时候往往亲自扶持。此行中我又听到很多故乡的掌故风物、乡贤佚闻，受益匪浅。

其间陈先生在家中招待谭师，当时陈先生住在杭大宿舍，是底层一套不大的居室，但显得雅致温馨，前门台阶前栽着菊花。客厅兼书屋中的书架不大，书也不多，还不如我的书多，这使我颇感意外，以后与陈先生熟悉了才知道原因。陈师母亲自下厨，餐桌上有时鲜螃蟹，还有美味菜肴。看得出，陈师母不仅将陈先生照顾得无微不至，也把一切家务安排妥帖。我们得知，陈师母还是陈先生的日语翻译和秘书。返回的路上，谭师不胜感慨："桥驿真是好福气。"我自然明白，与谭师不愉快的家庭生活相比，陈先生夫妇真是神仙伴侣。

八十年代初百废待兴，也青黄不接，历史地理学界还靠谭师（出生于1911年）、侯仁之先生（出生于1911年）、史念海先生（出生于1912年）三位元老掌舵，而出生于1935年前后的一代都还是讲师，副教授也是凤毛麟角。介于其间且年富力强的陈先生（出生于1923年）经常起着独特的作用。无论是历史地理专业委员会恢复活动、《历史自然地理》的编撰、《历史地理》的创刊，还是第一次国际会议的召开，陈先生不仅大多参与，还起着协调、应急的作用。经常听到谭师与中国地理学会秘书长瞿宁淑在商议中说"把桥驿找来"，"这件事得找桥驿办"。1982年，历史地理专业委员会委托复旦大学举办第一次国际中国历史地理讨论会，我受命协助谭师联系邀请和接待国外学者。那时我从来没有与国外学者有过直接联系，基本不了解国际学术界的情况，更没有出过国，对欧美学者的联系主要根据侯仁之先生提供的信息，而对日本学者的联系就靠陈先生的帮助。陈先生得风气之先，已经与国外学者有了频繁交往，不仅情况熟悉，而且有良好的人际关系。在陈先生的帮助下，邀请的三位日本学者海野一隆、斯波义信、秋山元秀都是日本历史地理和地理学界老中青三代一时之选，全部顺利到会。如果不是有他们的到来，这次国际会议就名不符实了。当时历史地理学界的几个合作项目，到了收尾阶段，往往都会请陈先生出场。

历史地理学的发展过程中，经常会出现一些新的分支、新的成果，往往得不到及时的评价和肯定。陈先生既有广博的知识和卓越的见解，又有促进学科发展、奖掖后进的热忱，总是及时大力支持。《中国历史地图集》公开出版后，主管部门希望组织撰写高水平的评论，商定请蔡美彪先生与陈先生等人。尽管陈先生正忙于为他的《水经注》研究成果定稿，但他很快写出洋洋万言书评，谭先生说："陈先生出手真快，我要能这样，你们就不必老是催我了。"我选择的研究方向历史人口地理、人口史、移民史并非陈先生以往的专长，但我的硕士论文、博士论文、《中国移民史》、《中国人口史》，都曾请陈先生评阅、参加答辩、撰写推荐书或书评。当时规定博士生答辩必须有外地导师参加，但经费紧缺、酬金微薄，很难办到。记得有一年四川大学的缪钺先生已经请了谭师去成都参加答辩，突然机票涨价，我估计谭师和我两人的往返旅费已超出对方的预算，建议谭师主动辞谢，果然使对方单位如释重负。上海杭州之间旅费便宜，陈先生对食宿条件从无额外要求，响应又快，成了我们所外请答辩导师的首选，而他几乎有求必应。实在安排不了，也会寄来详细的评阅意见。记得早期一次博士论文答辩，有多位国内权威、资深教授到场，参加答辩的杨宽教授来得迟了些，坐定后却马上与谭师谈某出版社的出版物引用《中国历史地图集》未注明出处的事。谭师听力不佳，杨宽的声音不断提高，其间还离座与其他人说，主持答辩的某老怒形于色，以致散会时见到历史系领导时手也不愿握。陈先生尽力排解，终于使招待晚宴顺利举办，宾主尽欢而散。

八十年代以降，陈先生的论著大量发表，尤其是他研究《水经注》和郦道元的著作，一本接着一本，甚至两本同时问世。学界叹为观止，称其为“郦学”大家，却未必知道这些成果的来历和背后的艰辛。陈先生虽有家学渊源，但毕竟是自学成才，靠的是艰巨的努力和刻苦钻研，特别是在逆境中的坚持。“文化大革命”中，陈先生曾被当作批判对象，但他依旧“安安心心读古书，做笔记”。后来形势出现变化，陈先生重操旧业，继续他的《水经注》研究，将相关数据收罗殆尽，分门别类，形成系统。至此，我才明白为什么陈先生的书房里不必再放那么多的书，为什么他的广博知识和过人见解看似信手拈来，为什么他的书能一本接着一本出版，几乎能覆盖《水经注》和郦道元的全部研究领域。

其实，陈先生的晚年同样遭遇不幸，他女儿家的一次火灾使他寄放在那里的家传文物和重要文稿化为灰烬，损失无可挽回。陈师母患了阿尔茨海默病，在绍兴市大禹陵祭典的晚宴上我最后一次见到她时，她已经不认识我了，没有随陈先生坐在主桌，而是由两位女士陪着坐在后面，表情漠然。后来陈先生告诉我，他将临时住到某县去，因为在杭州和绍兴陈师母都走失过，住在小地方会方便些。他自己也受到病痛折磨。但他依然不时发表真知灼见，依然嫉恶如仇，依然那样乐观幽默，甚至显出童真。

陈先生健在时，绍兴市已经为他建立了陈列馆，这是家乡给予他的莫大荣誉，也是对他为绍兴所作贡献的应有回报。稽山仰止，越水长流，陈桥驿先生在故乡永生，在历史地理学界永存，与祖国的河山和历史同在。

用地图绘就中国历史

——关于《中华人民共和国国家历史地图集》[1]

自从芬兰于1898年出版了世界上首部《国家地图集》以来，全世界已有约八十个国家编纂出版了自己的《国家地图集》。

《国家地图集》是系统反映一个国家的自然、经济、人口、历史和文化全貌的综合性地图集，可以为经济建设、科学研究和文化教育提供全面系统的参考图件，因此也是衡量一个国家科学技术水平的标志之一。正因为如此，发达国家一般早已出版了《国家地图集》，并且会定期或不定期地修订。

二十世纪五十年代，中华人民共和国刚成立，百废待兴，《国家地图集》的编纂就被提上议事日程，并且于1956年正式列入“国家十二年科学技术发展规划”，确定按普通、自然、农业、历史四个专题分卷出版。尽管受到六十年代初国民经济困难的影响，率先编纂完成的《国家自然地图集》还是在1965年正式出版，到“文化大革命”期间编纂工作才全部停顿。1981年，经多位全国政协委员联名提案，国家决定恢复国家地图集的编纂，并根据实际情况和需要，增加了

1　本文原刊于《光明日报》2015年2月24日。

经济专题。到二十世纪末，普通、自然（经修订）、经济、农业四个专题地图集先后完成编纂和出版。

1982年12月《国家历史地图集》编纂委员会在北京成立，由中国社会科学院副院长、著名法学家张友渔任主任，由中国科学院学部委员（院士）、复旦大学中国历史地理研究所所长、著名历史地理学家谭其骧任副主任兼总编纂。副主任还包括中国社科院考古研究所所长夏鼐，中国科学院学部委员、北京大学地理系主任侯仁之，陕西师范大学副校长史念海，中国社科院民族研究所所长翁独健。编委中有中国社科院历史研究所所长林甘泉、近代史研究所所长余绳武、宗教研究所所长任继愈、科研局学术秘书高德研究员、中国科学院地理研究所黄盛璋研究员、国家藏学中心邓锐龄研究员、杭州大学陈桥驿教授、复旦大学邹逸麟教授等，几乎囊括了历史地理学界和相关学科研究机构的负责人和学术权威。数百位专家学者承担了编纂工作，或参与协作。1983年8月在浙江莫干山召开第一次编务工作会议，确定了编纂条例，任命了各图组负责人，讨论了部分样图，编纂工作全面启动。到九十年代初，进度快的图组已基本完成初稿，但有的图组因前期成果有限，或工作量太大、人员不足，计划一再推迟。1991年10月，总编纂谭其骧先生突发脑溢血，丧失工作能力，计划延至1992年8月他去世。编委会决定不再设立总编纂，由林甘泉、高德、邹逸麟组成助理小组，代理总编纂工作。张友渔去世后，由中国社科院副院长王忍之继任组委会主任，其间一度由中国社科院副院长汝信署理。

2013年，《中华人民共和国国家历史地图集》第一册终于由中国地图出版社和中国社会科学出版社出版，第二、三两册的编稿和设计也基本完成，只待清绘制印。但半数以上的编委已经去世，其中就包括编委会副主任、享年一百零二岁的侯仁之院士。在世的编委最年长的九十二岁，三人助理小组平均年龄超过八十岁，最年轻的我也已六十九岁。

这项工作之所以要花费那么长的时间，主要是因为它的艰难程度和巨大的工作量。不少人以为既然已经有了《中国历史地图集》，再编《国家历史地图集》就会轻车熟路，这是由于不了解两者的差别。实际上，《中国历史地图集》是以疆域、政区为主的“普通地图集”，而《国家地图集》是真正意义上的综合性历史地图集，包括远古遗址、夏商周、疆域、政区、民族、人口、文化、宗教、农牧、工矿、近代工业、城市、都市分布、港口、交通、战争、地貌、沙漠、植被、动物、气候、灾害等二十余个图组，一千三百多幅地图和相应的表格、说明等。显然，这绝不是数量的扩大或重复，而是研究领域的拓展和质量的提高。

除疆域、政区等少数图组有较成熟的研究基础或资料相对集中外，其他大多数图组都缺乏前期研究成果，往往只能从头开始。与编绘现当代地图不同的是，现当代地图一般都有现成的数据可以利用，即使发现缺漏错讹也能通过实地测量、考察或搜集资料加以弥补校正，编绘历史地图时却只能从浩如烟海的史料中寻找证据。即使有幸找到遗址、遗迹或遗痕，也得进行艰巨的复原和重建，方能在地图上得到正确的显示。写论著可以用比较模糊的描述，但编入历史地图的每个地理要素都必须确定其时间、空间和数量（或）等级的范围。例如要画一幅当代的植被分布图可以利用卫星遥感照片、航拍照片、实测结果、调查资料，必要时还可临时补充或核对，而要画出不同历史时期的植被分布地图，就只能依靠分散的原始数据和有限的研究成果。中国科学院地理研究所已故研究员文焕然，从二十世纪五十年代初就开始研究珍稀动物的分布，在史料中大海捞针似的收集资料。但直到他去世，有些种类还无法成图。例如，史料称“古时”“南方”或“楚地”有某种动物，在地图上如何表示？画在哪个时代，标注在什么空间范围？我国古代的农业史料堪称丰富，农史研究成果也不少，但要据以编纂历史地图却远远不够。为此负责农业图组的史念海先生从培养人才着手，招收了一批博士生，每人做一个历史时期的农业地理，完成了一批断代农业地理研究成果。为了保证质量，直到年近九旬，史先生都坚持亲自编图。

由于基础研究不受重视，“大干快上”，急于求成，政策导向不利，这类长期集体项目一度陷于困境。不少学科分支或备受“文革”摧残，人才青黄不接，或刚刚建立，中青年骨干急需提升职称、竞争基金和奖项、争取学术地位，对这类二三十年不出成果、个人作用难以区分的项目自然无法全力以赴。而最致命的打击则来自经费短缺。实际上，绝大多数图幅已由我（编辑室主任）与图组组长一一审定签发，第一、二册图集编定时，设计制印的经费已山穷水尽。忽有某文化企业家愿意赞助，条件之一是要交由他的企业出版，国家出版总署破格批准。但不久该人出走境外，经费完全断绝。后由邹逸麟等全国政协委员提案，全体编委联名上书国家领导人，后期工作方得以继续。

中国历史悠久，史料丰富，延续时间长，覆盖范围广，历史地理研究具有独特优势，已有成果涉及自然、人文各主要分支，这是其他国家所无法具备的。如欧洲、北美的历史地图最多编至二三百年前，且只能以人文地理为主，而中国可编至二三千年前，且包括自然地理。再如气候变迁地图能显示长时段的变化，而器测数据和现代观测记录不足二百年，较完整的记录只限于很少地点。毫无疑问，《中华人民共和国国家历史地图集》在世界上拥有领先地位，有望对人类作出独特贡献。

藏书的归宿（一）[1]

最近看到某君的大作，谈自己与他人藏书的归宿，透露出种种无奈和尴尬，颇有同感，也有个人的回忆和感受。

我第一次近距离了解名人学者的藏书在其身后的归宿，是1981年5月随先师季龙（谭其骧）先生在北京香山别墅出席中国民族史学术讨论会期间。5月28日上午，谭先生在会场开会，工作人员说有客来访。我陪先生回到房间，顾颉刚先生的夫人与其生前的助手王煦华先生已在等候。顾师母路远迢迢，换几班车赶到香山，主要是为了请谭先生向社科院领导陈情。顾先生的藏书数量多、内容庞杂，其中不乏精品珍品，但也有不少是图书馆的复本，没有收藏和保存价值。顾先生逝世后，家人决定将全部藏书捐给中国社会科学院，但希望能获得一定数额的奖金。社科院方面对捐赠一直持积极态度，但内部有不同意见：有人认为其中好书不多，不值得发多少奖金；顾先生生前所在的历史研究所有人认为，这些书太杂，相当一部分不适合由历史所收藏，应该由院里处理；还有的领导认为社科院大

1　本文原载于2016年5月16日的腾讯网《大家》专栏，原题《大师的藏书怎么到了美国图书馆》。

学者、名人捐赠藏书的不少，奖金发多少要注意平衡。

社科院方面非正式地透露的奖金数额与顾师母的期望差距很大，且迟迟未作正式答复，顾师母很焦急，翁独健先生闻讯而来。翁先生当时是社科院民族研究所所长，他与谭先生都曾经是顾先生在燕京大学的学生，深知顾先生的学术地位和影响。谈及有人提出“平衡”的主张时，翁先生说：“顾先生的贡献、顾先生的书不是多少钱能衡量的，也不是什么人可以比的。”最后，谭先生和翁先生让顾师母宽心，他们一定会尽力向社科院领导进言，争取奖金数额有较大幅度的提高。

以后谭先生先后找社科院副院长梅益、历史所负责人梁寒冰等谈过，他们都赞成奖金应该多发点，但也说明处理此事的难处。最终社科院发的奖金是数万元，这在当时已经是一个很大的数字，基本符合顾师母的期望，据说还是由主管社科院的中央领导胡乔木拍板的。

令人欣喜的是，不仅顾先生的藏书得到妥善保存，顾先生的遗著、遗文和个人资料也能及时出版。更令人钦佩的是，顾先生的后人继承了顾先生的实事求是、尊重历史、豁达大度的精神，将包括日记、书信在内的顾先生个人资料不做任何删节，全部如实公布。例如，顾先生日记中详细记录了他对谭慕愚（惕吾）女士单恋至老的细节，也有“文革”中家庭关系被扭曲以至在家中被斗被打的事实，还有对健在的名人的议论批评甚至詈骂的内容。

如今有些名人后人，对先人的藏书遗著视为奇货，漫天要价，视先人为摇钱树，千方百计挖掘利用其价值，但又对其个人资料中任何被他们认为不利的内容进行删节或销毁，不得已问世时也大开天窗，动辄兴讼索赔。他们的先人若地下有知，不知作何感受。而顾先生的藏书和遗著遗物已经有了最好的归宿，顾先生应能含笑于九泉了。

山东大学教授王仲荦先生去世后，王师母让他们的儿子来找我。为了筹集出国留学的费用，他们想将王先生的藏书出让给国外的机构，问我有什么办法。我告诉他，对文物级的书籍出口是有限制的，他说王先生的藏书中没有什么善本佳椠，只是收罗广、保存全，如有整套的学术刊物，不属文物。我与何炳棣先生联系，正好他从芝加哥大学退休后又受聘于加州大学尔湾分校（UC Irvine），如能说服该校买下这批书，既能救王家之急，也为自己的研究提供了便利，因为该校图书馆原来没有这方面的收藏。我提醒他，大批书籍的出口需要申报，没有政府批文不行，他说自有办法。王师母让人带信给我，事成后一定让他们的儿子来重谢。我说不必，为老师尽点力是应该的。

过了一段时间，我见到何先生，他告诉我王先生的书已经在尔湾分校图书馆上架了。我很惊奇，怎么这样快就办成了，他不无得意地说："我找国务院特批的。"还说他为王家要到了一个好价钱，对得起王先生了。过了很久，我与刘统谈及此事，他曾是王先生学生，还当过他助手，与王师母很熟。下一次刘统见到王师母，就问她为什么书卖了也不给我打个招呼。王师母大呼冤枉，说书根本没有卖成，不信你可以到书房看，还打开橱门：“你看，不都在吗？”此事自然没有深究的必要，王师母如何说有她的自由。但王仲荦先生的藏书早已到了美国，即使不是全部，也必定是其中主要的，否则美国人何至于出好价钱？

也有人对此持批评态度，认为再需要钱也不该将书卖给外国人，我也不该促成其事，我不以为然。这些书既不是文物，也不涉及国家机密，那就是普通旧书。有国务院批文，属合法出口。放在美国大学的图书馆里，得到妥善保管，并满足了何炳棣这样的专家和专业师生的需要，可谓物尽其用，岂不比长期搁置着强？至于为什么不在国内卖，那是因为当时大学、研究所、图书馆的经费太少，部分主管不重视图书数据的收集，知识分子的收入太低，才不愿买或买不起。要是放在今天，国内的收购价比国外高，或者早就有人上门求购，或者王家不卖书也有自费出国留学的能力，会出现这样的结局吗？

不过在当时，这件事还颇引人注目，尽管我从未宣扬，外界还是有不少人知道。稍后遇到中华书局的张忱石先生，得知武汉大学教授唐长孺先生生计窘迫，也打算将藏书出让，问我能否通过何炳棣先生联系美国的机构。原来唐先生一向没有积蓄，唐师母一直是家庭主妇，不享受劳保福利，患病后无法报销医药护理费用，唐先生负担不了，已影响生活，只能与吴于廑先生家合用一个保姆。唐先生在第一次定级时就是二级教授，属高薪阶层。但唐先生加入共产党后刻苦改造，自律过严，认为不该拿这么多薪水，借调中华书局整理《二十四史》期间每月都自愿上交一百至一百五十元党费。后来物价上涨，教授工资贬值，又遇特殊困难，就无可奈何。中华书局考虑到唐先生对整理《二十四史》和学术研究的特殊贡献，曾想给予补助，唐先生却坚决拒收。

唐先生是我尊敬的老师和同乡前辈，自随侍先师后常有机会求教，又蒙他多次垂询。我出生于浙江省吴兴县南浔镇（今属湖州市南浔区），并在那里度过童年。唐先生虽是江苏吴江人，但南浔小莲庄和嘉业堂藏书楼主人刘承干是他舅父，年轻时他常住南浔，曾在南浔中学执教历史，我姨父是他学生。解放后唐先生为在政治上划清界限，讳言与刘家的关系，也避谈南浔。改革开放后思想解放，晚年的唐先生抑制不住对南浔的怀念，见到我时经常会谈及，或问我南浔的情况："土地堂前面还有什么好玩的吗？南浔还有桔红糕、寸金糖吗？"先师听了笑道："你以为他几岁了，这些旧事他能知道吗？"好在我还听老人说过，勉强能答上几句，多少解了些唐先生的乡愁。有几次在京西宾馆开会，那时的会议开得长，十天半月的都有。京西宾馆的房间里还没有彩电，只在长走廊两头各放一台。唐先生视力差，阅读不便，晚上常见他坐在电视机前，与其说看，不如说听着京剧，还合着节拍轻吟浅唱，怡然自得。

那一阶段不时能听到老教授在经济上、生活上、工作上遭遇的困难，先师也在所难免，有的事我已写进了他的传记《悠悠长水》。但得知唐先生的困境，我还是特别感慨。尽管这样向外人求助实在有损体面，我也知道上次何炳棣先生促成王先生的藏书成交有偶然因素，但还是不得不求助于何先生。幸而突现转机，中华书局以预支唐先生一部旧稿稿费的名义给唐先生寄去一笔钱，而唐师母医治无效离世，唐先生不必卖书救急了。他在给中华书局感谢信中称自己“如贫儿骤富”，令人不胜唏嘘。

藏书的归宿（二）[1]

文人学者的藏书来之不易。季龙先师（谭其骧）的看法，一是要有钱，一是要有闲，还得有房。

抗战前在北平，他不过是以课时计酬的讲师，已经有三家书铺送书上门，需要的留下，每年到三节时结账，不需要的到时还可退回。那时一节课的酬金五元，千字稿酬也是五元，老板不担心你付不起书款。到了1948年，他在浙江大学和暨南大学同时担任“专任教授”(专任教授薪水高，但一人不能在两校当专任，在暨南只能用谭季龙的名字)，两份教授全薪只能供一家六人糊口，哪里还有钱买书？二十世纪五十年代初苏州古旧书源丰富，价格便宜，顾颉刚先生经常带章丹枫（章巽）先生去苏州淘书，章先生大有收获。先师也想去，却经常忙于教务与研究，以后承担《中国历史地图集》的编纂，更没有属于自己支配的时间了。

抗战前先师已经积累了一批藏书，成家后租了一处大房子，完全放得下。1940年去贵州应浙江大学之聘时，留在北平的家改租小

1 本文原载于2016年5月26日的腾讯网《大家》专栏，原题《大师离去后，他们的藏书去了哪儿》。

房间，只能将大部分书寄放在亲戚许宝骙家中，解放之初才取回。1950年到复旦大学后，藏书又不断增加。尽管1956年分到了最高规格的教授宿舍，有四大一小五间房间和独用的厨房、卫生间，还是赶不上藏书增加的速度。“文革”期间住房紧缩，1979年我第一次走进他的会客室兼书房，只见书架上、写字台上、沙发旁和茶几上到处是书，稍有空隙处都塞满了杂志，有时要找一本书还得到卧室去找。1980年上海市政府落实知识分子政策，先师迁至淮海中路一套新建公寓，三间住房合计五十九平方米，住着一家三代、一位亲戚和保姆共七口。他将最大的一间用书橱一分为二，里面约十平方米作他的书房兼卧室，外面的十四平方米作会客室并放书橱，晚上还要供家人睡觉。另外两个房间包括儿媳的卧室也都放着他的书。但书不能不增加，他家不得已在阳台与围墙间小院内搭了一间小屋，放了十个书架。这间小屋自然属违章建筑，也挡住了邻居院内的阳光，引起邻居不满，要求房管所下令拆除。先师无奈，除亲自登门道歉外，又将屋面拆至围墙以下，才把此事拖延下来。他逝世后，我和他家人清理他的藏书，发现小屋里阴暗潮湿、闷热难当，书架间挤得难以转身，一些书发霉生虫，黏连成团。先师生前经常感叹，要是有放书的地方，何至于有几部好书会失之交臂？

其实，藏书还得有另一个条件——贤内助，先师虽未直说，在当他助手这十多年间我了解不少。先师在遵义时的助手吕东明先生生前告诉我，师母在与先师发生争执时，经常会拿他的书出气，甚至直接扔在门前河中。我不止一次听师母抱怨先师的钱都拿去买了书，弄得家里入不敷出。其实先师买书大多是花工资以外的稿费收入，但在师母面前也得运用模糊数学。有一次与顾颉刚先生的助手谈及，才知道我们的太老师有相同遭遇，太师母甚至管得更紧。顾先生购书不仅得动用小金库，而且还不敢将大部头的书一次性取回家，只能化整为零，以免引起师母注意后查问购书款的来历。

先师从来不把自己的书当藏书，只是工作用书，少数与专业无关的书也是为了“好玩”。他一直说：“除了那部明版《水经注》，我没有值钱的书，不像章丹枫的书。”有的书买重复了，或者又有人送了，他就会将富余的书送掉。上海古籍出版社送了他新版的《徐霞客游记》，他将原来的一部送给我。有了《读史方舆纪要》的点校本，就将原有的石印缩印本给了我。他自己留的讲义、抽印本、论著，只要还有复本，都会毫无保留地送给有需要的人。得知我准备撰写《中国移民史》，他就将自己保存了四十多年的暨南大学毕业论文手稿送给我。这份手稿封面上有周一良先生的题签，里面还有不少潘光旦先生用红笔写的批条，中文中夹着英文，非常珍贵，我将它归入本所已经设置的“谭其骧文库”。中华书局出了明人王士性的《广志绎》，先师觉得此书重要，以前历史地理学界重视不够，专门向出版社买了几本送给我们。

先师的藏书中有半部六册《徐霞客游记》，那还是抗战前在北平时他的老师邓之诚（文如）先生送给他的。封面有邓先生的题识：“《徐霞客游记》季会明原本。此本存六、八、九、十凡六册（九、十分上下），其七原阙。一至五册昔在刘翰怡家，若得合并，信天壤间第一珍本也。”七十年代末，先师得知上海古籍出版社拟整理出版《徐霞客游记》，即将此书交给参与整理的吴应寿先生，供出版社无偿使用。正是以邓先生的题识为线索，几经周折，在北京图书馆找到了曾为嘉业堂收藏的五册季会明抄本。经赵万里先生等鉴定，这就是当初徐霞客族兄徐仲昭交给钱谦益，又由钱推荐给汲古阁主人毛晋的《游记》残本。这部湮没了三百多年的最完整的抄本终于重见天日。与长期流传的乾隆、嘉庆年间的刊本相比，此后由上海古籍出版社出版的《徐霞客游记》字数增加了三分之二以上，游记多了一百五十六天（原为三百五十一天）。

1981年5月19日，先师将这六册书送给邓之诚之子邓珂，建议他将此书出让给北京图书馆，使两部残本合璧。王锺翰先生得知此事，颇不以为然，问先师："这是邓先生送给你的，为什么要还给他儿子？他儿子没有用，无非是卖几个钱。"先师答道："邓先生送给我，是供我使用的。现在新版已出，我不必再用这套抄本了，应该物归原主。如果真能由北京图书馆配全，不是更好吗？"不过，邓珂是否接受先师的建议，这几册书究竟能否与另一半合璧，就不得而知了。

1991年10月7日上午，我应召去先师家，他郑重地向我交代他的身后事，其中就包括对他藏书的处理。他说，凡是所里（复旦大学中国历史地理研究所）有用的书可全部挑走，作为他的捐赠，剩下来的书卖掉，所得由子女均分。1992年8月28日零时四十五分，先师在华东医院病逝。一时二十分，我在先师的遗体旁向他的长子转达了先师的几点遗嘱。

以后他的子女找我商量这些书的处理办法，因他们的意见无法统一，决定不向复旦捐书，但可以让邹逸麟（时任所长）、周振鹤（先师学生，我同届师兄）和我挑些书留作纪念。我当场表示，先师留给我们的纪念够多了，不需要再挑书，同时说明如这些书出售，我们三人都不会购买，复旦也不会买，以减少双方的麻烦。据我所知，他们曾请人估过价，打听过卖给外国机构的可能性，还接洽过几家机构，商谈过捐赠条件，但都没有成功。

几年后，我已担任研究所所长，先师子女终于取得一致意见，将先师的藏书捐赠给复旦大学，同时捐赠先师的手稿、日记、书信、证书等全部文件，条件是学校必须完整收藏，妥善保存。我立即向校方申报，提出具体条件，还建议发给家属二十万元奖金，由学校与本所各筹措一半，都得到校方批准。但出于种种原因，学校这一半奖金拖了好几年才发出。学校图书馆大力支持，同意在完成编目入账后，将其中的古籍和专业书籍、刊物拨归本所集中收藏。由于先师家那个小间保存条件太差，又没有及时清理，放在那里的不少书已霉烂损坏，只好报废。

2005年复旦百年校庆前，光华楼建成启用，我们在西楼二十一层本所最大的一间（八十平方米）设立“谭其骧文库”，除了收藏先师的书籍、文件、纪念物，还集中了所里收集到的先师遗物，编绘《中国历史地图集》的有关资料、内部出版物和用品。

央视、凤凰卫视和上海电视台等，曾先后就先师的生平、贡献和我们的师生关系采访过我，我都将拍摄地点放在这里。每当我谈及先师的学术贡献和嘉言懿行，追忆他树立的人格典范，重温他的教诲，经常禁不住会凝视他留下的遗产，抬头仰望他慈祥的遗容，总觉得我就在他身旁。

未建成的施坚雅文库[1]

2006年4月7日，在出席美国亚洲学会年会期间，施坚雅（William G. Skinner）教授的友人和学生在旧金山一家餐馆聚会，庆祝他的八十大寿。事先我收到倡议邮件，欣然响应。举杯祝寿后，每人简短致辞。我说："第一次见到施坚雅先生，是1986年7月，在斯坦福大学他的办公室里。当时乐祖谋为我们合影，后来我太太见到这张照片，说：'看你只有人家教授的三分之二高。'我说：'能有他的三分之二就不错了。'实际上我到现在都在为这三分之二而努力。"引来一片欢笑，施坚雅先生也不禁莞尔。此前我们去加州戴维斯开会，施坚雅先生亲自开车将我们从火车站接至住地。2005年他还来上海访问，连续作了多场学术报告。在致答词时，他说即将退休，但会继续完成中国空间数据分析系统的研制工作。看到他神清气爽，精力旺盛，我们衷心祝他健康长寿，也祝这项已历时多年的科研项目顺利完成。

但在2008年8月12日，我收到了施坚雅先生群发的邮件：我

1　本文原载于2016年6月20日的腾讯网《大家》专栏，原题《大师的遗孀为何反对将他的赠书建成文库?》。

要直接告诉你们一个已经在小道传播的坏消息，我被诊断患了舌癌，不幸的是已至扩散阶段。目前在进行化疗，并取得了令人鼓舞的结果。我正抓紧时间完成我的研究项目和论文，并与家人、亲密的朋友交流。贤妻苏姗和女儿艾丽斯照料备至，儿孙们亦不时来省视。

9月20日又收到施坚雅的好友、哈佛大学的包弼德（Peter Bol）教授的邮件，施坚雅先生希望将他的西文书籍和刊物赠予复旦大学图书馆，问我是否愿意接受。同时他也提醒我，将这些书刊从加州戴维斯运至上海很不容易，并且需要一大笔钱，如果我愿意接受，得认真考虑如何解决。我立即回复同意，并请他转达我们对施坚雅先生的祝福和感谢，我保证会尽快解决运输问题。

10月26日，施坚雅先生去世，包弼德教授再次与我商议如何实现他的遗愿。11月11日，我确认复旦大学图书馆会承担将这批书刊运至上海的责任。我知道，这将包括书刊的整理和编制目录、装箱、运至集装箱码头、托运至上海、向海关申报、海关审批通过后提取、图书馆编目入库。这些环节缺一不可，每一环节都需要由专人办理，并得付一大笔钱。如要在美国将数千册多种文字的书籍和数十种刊物（估计）完成编目绝非易事，但如果没有一份详细精确的目录，就无法向海关申报。我咨询了美国图书馆的同人，也联系过国际集装箱公司，即使愿意付高价，也没有哪一家公司能够承办全部托运、报关手续。

2009年1月12日，施坚雅的学生马克发来邮件，施坚雅的办公室是加州大学戴维斯分校为他租的，校方通知租期1月底将截止，办公室中的书籍必须在月底前搬出。我心急如焚，忽然想到我馆进口书刊的代理中图公司在美国有派驻机构，或许有办法，就让编目部主任武桂云联系求助。虽然中图公司的驻美机构设在新泽西州，但仍愿意帮我们从加州将书运至东部，再以集装箱运回上海，并为我们办理报关手续。中图公司的慷慨支持解决了全部难题，我立即将这一好消息告诉马克，同时请他务必要求戴维斯校方宽限时间。

几天后，中图公司通知我运送办法，已委托运输公司在约定时间去戴维斯取书，但必须事先装箱，所需纸箱可以先送去。我与马克商量，如果请专人打包，得花不少钱，而且由于施坚雅先生生前来不及处理，装箱前还得做些清理。马克答允找学生利用课余时间来完成，但启运时间不得不推迟。得知施坚雅捐书的遗愿，戴维斯分校也同意将办公室保留至3月底。马克请了几位学生帮助装箱，到2月12日装完约八十箱。

3月21日，我到达旧金山后立即给马克打电话，约定去戴维斯的时间，并请他为我预约会见施坚雅夫人苏姗教授。23日，马克开车来接我，到戴维斯后我们直接去施坚雅的办公室。全部书籍都已装箱，我与马克一一清点。马克说中图公司已派人来看过，约定时间后就会来运走。当晚，我们在一家旅馆见到苏姗教授，她请我们吃饭，为我订了当晚的房间，还预付了房费。我于心不安，再三表示感谢，她却说："我应该感谢你们，是你们帮我实现了比尔（施坚雅）的心愿。"她告诉我，家里还有不少书籍刊物，根据施坚雅的遗愿，这些也属捐赠的范围。我们约定，等她清理完后，再安排托运。

4月初，马克发来邮件，办公室的书合并为六十九箱，已由中图公司运走。5月15日，全部书籍运抵图书馆，中图公司代办了海关报关手续。

7月8日，苏姗告诉我，她即将卖掉现在的住房，希望尽快运走第二批书籍刊物。中图公司要她提供大约数量，以便安排装运。7月14日，苏姗发给我邮件，她无法估计书刊的数量，只能用尺量了排在书架上书刊的长度，共三百七十英尺。我将此数字告诉公司，请他们据此安排运力。8月25日，从苏姗家中运出重约三吨共一百六十一箱书刊。这批书刊在10月底运至上海，11月16日运到我们馆。

我在江湾分馆辟出专室，收藏施坚雅捐赠的全部书籍和刊物，准备建为“施坚雅文库”。我请苏姗教授提供施坚雅先生的照片，请包弼德教授提供他的生平事迹和论著目录，待布置就绪后正式举行一个仪式。得知我的计划后，苏姗教授却不以为然，她问：“文库”起什么作用？是为了陈列吗？是将这些书当作纪念品吗？这不是比尔所希望的。比尔将这些书送给复旦图书馆，就是希望它们与图书馆中其他书一样，能够被复旦大学的师生很方便地阅读利用。如果他值得你们纪念，这就是最好的纪念。

我决定停建文库，待编码完毕后这些书籍刊物将全部向读者开放。苏姗教授非常高兴，她给我发来邮件：“这真是一个好消息！我欣喜地获悉，这些书刊将被阅读和利用，就像比尔珍视它们一样被珍视，想到这点我笑逐颜开。”

以后我陆续收到读者的邮件。一位社会科学教授说，他翻阅了施坚雅赠书，发现西文的人类学著作相当齐全，这批书的价值无论如何都不会被高估。一位研究生告诉我，有一本书他已找了多年，由于出版年代早、印数少，国内外大图书馆都无收藏，现在施坚雅赠书中找到了。还有知道这批书来历的读者赞扬施坚雅先生的高风义举，建议我努力开拓捐赠资源。

我突然意识到，施坚雅文库已经建成，它就在我们图书馆中，就在我们读者的心中。

图书馆的难题[1]

1985年我在美国哈佛燕京学社访学期间，正值图书馆年底处理复本图书。一大堆书放在那里任凭挑选，一般每本收一美元，有的几本收一美元，甚至一大捆才收一美元。我是第一次遇到这样的机会，等我下午去时，剩下的书已不多，不再收钱，看中的拿走就是。我挑了几本，居然有罗香林签名题赠的《兴宁语言志》。听说上午有更多的作者签名本，以前还有人买到过郭沫若等人的签名本。

以后与哈佛燕京图书馆吴文津馆长谈及，建议在处理复本时应保留作者赠书，将其他复本清出。否则会影响作者向图书馆赠书，而且会被认为对作者不尊重。吴馆长赞成我的意见，答应下次处理时会给工作人员特别提醒，但他也坦率地告诉我，实际上很难避免。因为美国大学的图书馆一般一种书只购一本，为了延长图书的流通寿命，有精装本的都购精装本，没有精装本的也加工成精装。而中国作者的赠书大多是平装本，如果图书馆已经有同书的精装本，就不会再加工成精装。清理复本时由于时间紧，工作量大，往往会雇非专业临时工，或由打工学生承担。他们遇到复本书时，肯定会留

1　本文原载于人民论坛网《文化》2016年7月15日，原题《并非所有的捐赠都那么美好》。

下精装本，处理掉平装本。其中多数人不懂中文，能识中文的也不会花时间仔细检查封面里面的内容。就是偶然见到有某人的题词或签名，又有谁能当场判断这本书的价值？

后来我与一位美国教授谈起，他并不认同我的意见。他认为，作者既然将书送给图书馆，就是为了给人看，给人用。既然图书馆有复本，与其留在那里没有人看，不进入流通，还不如卖掉或送掉，让这本书继续发挥作用。他反问我：“难道作者赠书的目的，是为了将书永久留在图书馆作为自己的纪念品吗？”所以当我在报上看到巴金捐赠给国家图书馆的外文杂志流失到市场的消息，我怀疑是不是国图的工作人员也将这些杂志当复本处理掉了。

1986年春我在波士顿拜访潘毓刚教授，看到他家的一个大房间中密集的书架上都放满了书。他告诉我这些书都是别人捐赠给中国大学的，还得筹集运费才能运往中国。“你如果需要，自己尽量拿。你们学校的某某就拿了不少。”尽管当时国内很难获得外文原版书，但考虑到运费昂贵，其中又没有我需要的专业书，我还是谢绝了他的好意。实际上我已经有一大包书无法随身带走，回国前办了海运。

2007年我当了复旦大学图书馆馆长，几年下来与国内外不少图书馆馆长有了交往，发现馆长们的最大一致性就是，没有一个馆长认为钱够了，也没有一个馆长认为房子够了。我会见哈佛大学图书馆常务副馆长（馆长年逾九十，属礼遇性质，不管事）时，说到我们馆实在太小，新书无法上架，“我有像你们怀德纳图书馆这样的大楼就好了”。谁知她马上说：“你大概好久没有去怀德纳图书馆了吧！你去看看，连走廊里都堆着书。”美国大学图书馆大多已设置远程书库，将闲置的或出借率很低的书籍调去，以缓解书库的压力。所以，除了坚持“零复本”原则，也不轻易接受捐赠。了解这些情况后，我们馆与国外馆建立的交换关系都是各取所需，而不是单方面赠书。我自己也不再主动向国外图书馆赠书，在交往中至多赠送一两册估计对方还来不及订购的新版书，或者是经检索对方没有收藏的书。对方会将馆藏中我的赠书集中起来，让我签名留念。

当馆长的时间长了，我更明白，除了缺钱缺房，中国的图书馆馆长在处理捐赠书刊时，还有更多的难处和尴尬。

首先是接收的标准。国内的正式出版物自然没有问题，但非正规的或境外的出版物就麻烦了。不时有作者将自己的非正规出版物寄来或亲自送来，条件是给他发一张捐赠证书。本来大学图书馆应该兼收并蓄，多多益善，人家送了书，给一张捐赠证明或感谢信也完全应该。但有的捐赠者会以此为证据，证明其出版物的价值和地位——“已由复旦大学图书馆收藏”，甚至还要求我与他合影为证。这类出版物如果只是质量差，或毫无用处，还只是浪费了图书馆的空间；如果不符合主流价值观或政治不正确，我这馆长的日子就不好过了。

2004年，国际资深图书馆学家、曾主持过多家美国和欧洲东方图书馆的马大任先生在二次退休后，在美国发起“赠书中国计划”，募集美国图书馆的复本书及私人捐赠的图书运往中国，送给中国的大学图书馆。我最后一次接待马先生时，他已年近九十，但仍然精神矍铄，热情感人。他身体力行，带领一批七八十岁的老人和志愿者，已经将几十个集装箱的几十万册图书运到中国。但我们双方都遇到了难以克服的困难，马先生的崇高目标和良好愿望变得有些渺茫。在美国，教授退休后大多愿意将自己的藏书捐掉，教授去世后家属子女也愿意将其藏书捐赠，但他们没有时间和精力整理分类，更不可能编出清单。图书馆乐意捐赠复本图书，但一般也没有经费提供包装运输，或者专门为此编目。马先生与他的同道尽了最大努力，包括亲自打包整理、动员子女捐款，也只能将这些书从教授家或图书馆全部集中起来装箱运走，无法做任何清理分类。到了中国后，得向海关申报，其中少数书是禁止进口的。退回还得花钱，也没有人接收，只能销毁。能够进口的书中，还有一部分已经没有利用价值，如应用学科中一些旧版书、残缺破损书等。随着高校图书馆采购外文原版书籍的增加，更多外版书在中国翻译出版，一些本来可以利用的书也成了复本，即使不收费用，图书馆也得考虑储存空间和收藏的成本。所以除了定向捐赠的书在报关后由接收单位自己运回，其他书只能集中存放在青岛，让有兴趣接受的各馆自己去挑选，选中的书每本付八元成本费（报关、仓储等项）。加上人员的差旅费和书籍的运费，每本书的最终成本还会更高，这些书成了食之无味、弃之可惜的鸡肋。

几年前，本馆一位退休多年的员工拿来几部祖传古籍要求收购，他提出一个很低的价格，只想凑一笔钱为自己预购坟地。我请古籍部查了市场价，比他要的价高得多，建议他不要卖给我们，他却不愿意。他表示这些书是应该捐给图书馆的，实在是一时凑不满买坟地的钱，才希望卖些钱，但绝不会卖到市场上去。我觉得我们不能乘人之急，以如此低的价格买他的书，应该在成全他捐赠愿望的同时，解决他的实际困难。在学校的支持下，我们接受他的捐赠，同时给他发了一笔奖金。尽管奖金的数额超出了他的期望，但比市价还是低得多。

并非所有的捐赠都那么美好，有些就令人啼笑皆非。有一次我在书库里看到一批书，是一位已故教授的家属捐的。我粗粗翻了一下，竟没有什么像样的书，有的还是过了时的学习材料。原来家属已将教授遗书的大部分挑出来捐给其他部门了，这些是挑剩的。我批评了相关员工，为什么未经批准就接收了这样一批书，当废纸处理还增加我们的工作量。这未必符合这位教授的遗愿，但由于他生前没有做出处理，外人就很无奈，也不知内情，实际损害了他的清誉。

在国内外大学的图书馆中，我都看到过一些著名教授、学者留下的文库或特藏，完整地收藏着他们的藏书，有的还包括他们的手稿、书信、日记、笔记、照片、文具和纪念物品。我了解大概有三种情况：有的是本人或家属无偿捐赠的，有的是图书馆或某项基金购买的，有的是通过各种途径收集起来的。我很羡慕，尽管复旦校史上不乏名教授、一流学者、藏书家，却还没有能在我们馆中设置这样的文库或特藏。但我也感到不安，要是今后出现这样的机会，本校、本馆能有合适的场所、充足的资金和专门人员来建设和维护吗？另一方面，如果出现“供过于求”的状况，或者有人自不量力要给自己设文库、建特藏，有没有健全的评审制度加以鉴定或充足的理由予以拒绝呢?

我也要向藏书丰富的同人友人进一言：为自己的藏书落实归宿，最好在生前就做出明确决定。愿意捐的就像施坚雅教授那样无条件贡献，而不是将这些书当作自己的纪念品。想出售的就直截了当报价，本校买不起就卖给别人。只要不属禁止出口的文物，如果捐给外国能发挥更大的作用，完全可以捐往外国，本国卖不掉也不妨卖往外国，或者争取卖一个好价钱。总之，如果希望自己的藏书继续发挥书籍的作用，就让它们像其他书一样，无条件交给图书馆流通。如果要将自己的藏书当成商品，完全可以投入市场，光明正大地获得收益。至于这些书是否够得上文物、能否被后人当作纪念品，那还是让后人定吧。

我为藏书找到了归宿[1]

我自己购书是从读高中时开始的。那时家里穷，父母根本不会给零用钱，只是偶然经手花一笔小钱时父母会同意让我留下一二角尾数，积累起来也只能买一两本旧书。买得最多的是中华书局的活页文选和上海古籍书店卖的零本《丛书集成》，最便宜的五分、一毛就能买一册。也曾经在犹豫再三后花“天文数字”两元钱买了一册朱墨套印的《六朝文絜》，又以差不多的价格买了明版《陆士龙集》、清刻本《历代名儒传》等。这些书现在的身价早已以万元计了，这是当时绝对想不到的。即使想到了，我既没有更多的钱，比现在清高得多的我也不屑于为赚钱而买书。当时中苏关系还没有公开破裂，外文书店还有苏联出版的书，其中有中学英语课本和课外读物，都是精装彩印，每本只卖一两角钱，估计属“处理品”。我高一刚开始学英语，陆续买了好几本。1964年9月我第一次领到十几元实习津贴，回家的路上就在宝山路新华书店买了一套向往已久的《古代汉语》。1965年正式参加工作后有了每月三十七元工资，以后陆续增加到四十八元五角、五十八元、六十五元，手里有了宽余的钱，自然

1　本文原载于2016年11月16日的腾讯网《大家》专栏。

想买书。可是阶级斗争的弦越绷越紧，旧书摊已经消失，古籍书店、旧书店可买的书也越来越少。到“文化大革命”开始，终于除红宝书外就无书可买了。我知道这几册古籍属于“封资修黑货”，还是舍不得扔掉，将它们塞在一只小藤箱底下，放在家里阁楼上最矮处。幸而我家不属查抄对象，这几册书躲过一劫。那些苏联英文书属“修正主义毒草”，找机会扔了。

“文革”期间天天要读毛主席语录，学《毛泽东选集》，我为了同时学英语，专门买了英文版《毛主席语录》《毛泽东选集》。当“批林批孔”进入“评法反儒”，荀子、韩非子、商鞅、王安石、王夫之、魏源等“法家”“改革家”的著作和杨荣国、赵纪彬、高亨等人的书有了内部供应。“文革”后期，范文澜主编的《中国通史》重印发行。但直到1977年底，新华书店能买到的书还很少，《新华字典》《各国概况》等书，我都是在出席上海市人代会期间在会场内买到的。

1978年10月我成了复旦大学历史系的研究生，一方面是有了研究的方向，对专业书的需求更加迫切，购书目标也更明确；另一方面，每学期有二十元书报费，在一部中华书局版《史记》定价十元一角的情况下，每年也可多买不少书。工作后工资不断增加，又有了稿费收入，科研经费中也能报销一部分购书款，所以尽管书价也不断涨，但大多数想买的书都能随心所欲。以后，相识或不相识的友人赠送的书、有关或无关的出版社和机构寄来的书也不断增多。当然，这类书不是白受的，或已经或将要回赠，或得写出推荐、评语或序跋，或因此而欠下了文债，但也有毫无缘由又无法退回的，结果都使藏书量大增。

三十多年下来，我面临的难题已经不是买不到书或买不起书——当然只限于研究或兴趣所需的书——而是书往哪里放。1999年我迁入在平江小区的新居，有了一间三十七平方米的客厅兼书房，我的书基本上了书架。但好景不长，一两年后新来的书就只能见空就占。2004年迁入浦东新居，三楼归我所用，除了专用的书房，还辟了一个十平方米的小书库，客厅里放了两个书柜和一排放大开本精装书及画册的矮柜，一些不常用的书只能留在旧居。2005年我们研究所迁入学校新建的光华楼，教授都有了独用的办公室，2014年，我按资历搬入面积最大的一间。2007年至2014年我当复旦大学图书馆馆长期间，在图书馆有一间办公室，都被我日益扩张的书籍所占。不过，直到2010年前后，我还没有改变藏书多多益善的观念。

当了图书馆馆长后，我发现藏书没有地方放也是图书馆面临的难题，不仅像我这样馆舍面积本来就不足的馆长，就是我结识的世界名校的图书馆馆长也无不抱怨书库太小、新书太多。美国大学图书馆大多建了远程书库，并且越建越大，但面对信息爆炸形成的天文数字的书籍、刊物和读者无限的需求，还得另辟新路。

一是加速以数字化和网络资源取代纸本书籍和刊物，一是减少并清除无效馆藏，我们馆也是这样做的。以前报纸、学术刊物、论文集占了馆藏一部分，并且逐年增加，现在基本都已为数据库所取代，一般不再订纸本。出于价格原因不得不同时订的纸本报刊，使用后也及时处理，不再收藏。随着中文数据库的增加，一般书籍有一本就能满足流通的需要，完全可以减少以至消灭复本。除了有版本或收藏价值的书，其他的复本也会及时处理。

由此我想到了自己的藏书，是否也应该同样处理呢？如原来我已买了一套《中国大百科全书（简明版）》以及《中国大百科全书》中的历史、地理等卷，2000年我去南极时带的是地理等卷的光盘，回来后再也没有用过纸本。一些卷帙浩繁的工具书早已为目前网络或数字化资源所取代，检索之便捷、准确不可同日而语。如果从使用的价值看，占了一排书架的这些《大百科》和那些工具书已成无效收藏。早些处理，还能供他人使用，留到以后只能成为废纸。何况近年房价飞涨，再要扩大住房几乎没有可能，要增加居室面积，改善生活质量，及时处理无效藏书，不失为可行的办法。周有光先生的寓所只是一套小三居室，他在退休时，就将自己的藏书全部赠送给原来供职的国家语委。他的书房兼卧室只有九平方米，唯一的书架也没有放满。但就在这间房间内，他以百岁高龄出了多种新著，他告诉我多数信息是通过网络获得或核对的。

几年前有人告诉我，网上在拍卖我签名送给某学生的书，我一看果然如此，自然很不愉快。后来遇到这位学生，他主动称冤，说此书早已被一位同学强索而去，他也要向这位同学问罪。又有友人告我，潘家园出现了我签名呈送吴小如先生的书，当时吴先生还健在。原来这是他家保姆擅自将他一些不常用的书当废纸卖了，反正他也不会发现。我去西安参加复旦校友会时作了一场讲座，结束后一位听众拿了我的博士论文的油印本要我签字，并希望我写几句话。

我很惊奇，当时只印了三十册，记得只给陕西师大的两位评阅老师寄过，如何会到了他手里。感慨之下，我庆幸这几本书有了一个好归宿，既暂时避免了当废纸的命运，也强似当主人的无效收藏。这更使我打定主意，为我的藏书早些找到归宿。

我将现有的书分了类，定了不同的处理办法。长期不用或与我专业无关的书立即处理，分批交本所数据室，由他们决定是留在资料室，还是交给校图书馆，或者报废。自己只偶然用到而对其他读者较有用的书，特别是新出的、多卷的、定价贵的，及时交给图书馆，以发挥更大作用。已有网络或数字化资源替代的书，也尽快处理。还要用的书，或还想看的书先留着，随着学术研究和写作的减少，或今后退休，再陆续交出。工作中会用的书，先转移到我办公室，便于以后交出。那些对我有特殊意义的书，我特别喜欢的书，几种现在够得上善本的书，数量有限，我会一直保留，等我完全无用时由后人处理。先师季龙先生赐我的几册书，包括他的大学毕业论文手稿《中国移民史要》，将赠给本所的“谭其骧文库”，与先师的藏书、手稿、信函合璧。至于杂志，除保留刊载拙作的外，只拟留完整的《历史地理》和《中国国家地理》。以往在学校新收到书刊，我都带回家。现在先分类，大部分留在办公室或直接交出，不用的杂志送给学生。

一度犹豫的是，如何处理别人赠我的签名本。今后作者或其后人得知，会不会感到不愉快甚至气愤？读者见到，是否会有不良影响？以己之心度人之腹，显然是多虑了，这些书如能为图书馆接收，自然比闲置在我书架上，或堆积在屋角落强。但我还是在对方的签名旁写上“转赠图书馆”，并签上名，或者补盖一个藏书章，使读者了解这个过程。

我决定不将书送给私人，包括关系亲密的学生在内。放在图书馆毕竟能使更多人受益。

原打算集中处理一批，发现分类并不容易，有的书拿在手里会犹豫再三，数量与重量也出乎意料。请所里雇了辆小卡车，只取走了一批画册与那部十大盒一百册的《中国历史地理资料汇辑》。于是决定细水长流，平时陆续清理，每次去学校时带走一小拉杆箱。同人在电梯中见到，常以为我刚外出归来，或准备出差。在办公室里积到够装一平板车，再让资料室拉走。只是自我当图书馆馆长的后两年开始，至今已有四年多时间，家中的书房与藏书室的利用空间尚未显著改善，看来得加快处理速度。

我还没有达到施坚雅先生的境界，但可以对得起自己辛辛苦苦积累起来的书和师友好意送给我的书了，它们已经或将要有更好的归宿。

第四编　书序·回忆

仰望星空　依托大地

——复旦大学学生会“星空讲坛”五周年寄语[1]

我有过两次极佳的机会仰望星空：一次是在摩洛哥南部撒哈拉沙漠的边缘，在行进的越野车上；一次是西藏阿里高原，躺在帐篷旁的草原上。虽然都是前所未见的壮观，但后者更是空前绝后。不仅是因为地处近五千米高原，空气纯粹而稀薄，周围百里之内没有任何光源，而且因为我是躺在草地上观察欣赏，依托大地，随心所欲，可尽目力所及，更可引发无限的遐想。

在学生会学术部“星空讲坛”向我索稿时，我忽然想起仰望星空的往事，因为我觉得对“星空讲坛”的听众来说，不也是如此吗？这个讲坛的名称反映了同学们对知识、信息和精神财富的渴求，就像仰望星空那样，希望在这一过程中得到展望、启示、鼓舞、升华。讲坛为大家汇聚了灿烂的群星，但还是要依托大地才能获得最佳效果。

大地，就是扎实的知识基础。讲坛传播的大多是最新的信息、最浓缩的知识、最前缘的学科动态、最深刻的经验教训、最生动的

1　本文写于2006年，未刊。

人生感悟、最不易到达的境界、最吸引人的目标。但要是不具备基础知识，没有必要的前期准备和后续研习，不阅读基本的文献资料，不经过自己的思考、质疑和理解，那就只能停留在课余兴趣的层面，甚至与一般的追星无异。

大地，就是必要的科学实验和社会实践。现在绝大多数同学都是从学校到学校，从家门到校门，很少接触社会，更谈不上深入了解。即使是纯粹的科学研究和人文思辨，也不能完全脱离社会，因为其研究成果之是否有意义、是否取得进步，最终还是要运用于社会，为社会所检验的。对于人文社会科学来说，社会实践更是任何书本和间接经验所不能替代的。很多信息和知识永远不会被客观地、如实地记录在文献中，只能靠自己了解和体会。而且同样的文字记载，包括音频、视频记录，对不同的经验积累和社会实践的人来说，完全可能具有不同的价值，结果自然也会不同。

求知和实践都要有长远的眼光和稳健的步伐。在知识爆炸和社会瞬息万变的今天，任何人都免不了有所选择、有所侧重，而不能再当百科全书，也不能事必亲历。但对已被多数人的经验证明了的必要的知识结构和实践能力，还是应该尊重，努力具备。有些知识和能力或许今后的确没有运用的机会，但学习和掌握的过程实际构成了一个人整体素质的一部分，或者已经起了潜移默化的作用，终身受益无穷。

在“星空讲坛”创立五年、开讲四百余期之际，我希望星空会更加灿烂，也希望每一位听众同学始终依托着大地。

七十而思

——《我们应有的反思》自序[1]

2007年，复旦大学出版社贺圣遂社长策划了一套“三十年集”系列，邀我参与。“三十年”，是指1977年恢复高考与1978年恢复招收研究生至此已三十年，因此他想在这两年或稍后考上大学或研究生的人中物色一些人各编一本集子。集子的体例是每年选一两篇文章，学术论文与其他文章均可，再写一段简要的纪事，逐年编排成书。我按体例编成一书，取名《后而立集》。“三十而立”，可惜我到三十三岁刚考取研究生，学术生涯开始得更晚，能够编入此书的任何文字都产生在“而立”之后。

到了今年，梁由之兄得知12月将是我七十初度，极力怂恿我续编至今年，重新出版。他又主动接洽，获贺圣遂先生慨允使用《后而立集》的内容。于是我仍按原体例，续编了2008年至2014年，同样每年选了两篇文章，写了一段纪事。新出版的书自然不宜沿用旧名，由之兄建议以其中一篇《我们应有的反思》的篇名作为书名。开始我觉得题目稍长，在重读旧作后就深佩由之兄的法眼，欣然同意。

1 《我们应有的反思：葛剑雄编年自选集》(北京：中信出版社，2015)。

“三十而立，四十而不惑，五十而知天命，六十而耳顺，七十而从心所欲，不逾矩。”每到逢十生日，总免不了用孔子的话对照。但圣人的标准如此之高，每次对照徒增汗颜，因为自知差距越来越大。年近七十，不仅做不到不逾矩，而且离随心所欲的境界远甚。这些旧作基本都是我四十岁后写的，却还谈不上不惑，相反惑还很多。但毕竟有幸躬逢改革开放，特别是当初倡导解放思想，拨乱反正，否则我不可能在1988年写出《统一分裂和中国历史》这样的论文，并且能入选“纪念党的十一届三中全会十周年理论讨论会”并获奖。这些文章在学术上未必有多少贡献，差堪自慰的是我始终在反思，所以尽管时过境迁，对今天及以后的读者还有些意义。

就以《我们应有的反思》为例，那是为纪念抗日战争胜利五十周年，在1995年写成的。由于此文的重点是反思，有些观点和说法与主流有差异，发表过程还颇有周折。有幸发表后引发了不小的反响，也引发了日本的舆论。后来一位日本学者还专门到复旦大学找我讨论，一位旅日学者发表赞同我观点的文章后还引发激烈争论。十九年后，面对中日关系的复杂形势，我认为我的反思不是过头了，而是还不够，但基本是正确的。去年和今年我两次向政府建议应隆重纪念抗日战争七十周年，是当年反思的继续。但当年的反思也有两点失误：一是没有料到中国的经济发展会如此迅速，以至不到二十年经济总量已超过日本，而我对中国的评价与预测都偏低；一是当时尚未了解历史真相，还沿用了蒋介石、国民党不抗日的陈说，涉及历史的一些说法在今天看来多有不妥。还有一点，当时不知道中日建交后日本究竟给了中国多少援助，政府赠款合多少、日元贷款有多少，直到2002年中日建交三十周年时政府才公布总数达一千九百多亿人民币，并向日本政府表示感谢。我支持我国政府的立场，这笔援助对中国的改革开放和现代化建设的确起了很大作用，该感谢的还是应该感谢，不能与战争赔偿混为一谈。

在其他方面，在学术上也是如此。我在研究生期间开始研究历史人口地理、人口史，以后发表了《中国人口发展史》，合著了《中国移民史》《中国人口史》《人口与中国的现代化（1850年以来）》，参与撰写《中国人口·总论》，也发表了相关的论文，参加过多次专题讨论会。由于这也是一个反思的过程，所以在1995年我提出，国家计划生育政策应及时作出调整，从独生子女改为"鼓励一胎，允许二胎，杜绝三胎"。但今天看来还不够，从中国人口的发展趋势，从上海等大城市已经出现的变化看，还应进一步调整到"确保一胎，鼓励二胎，允许三胎"。除了政策调整，还应从传统文化中寻找资源，那就是赋予孝道新的内容，教育青年将生儿育女当作自己对家庭、对社会和国家应尽的责任，当作真正的孝道。

先师季龙（谭其骧）先生一直鼓励我们要超越前人，包括要超越他。他自己也一直在反思自己以往的研究成果，给我们树立了榜样。在他留下的最后一篇未完成的论文中，还极其坦率地承认他的成名作《永嘉丧乱后之民族迁徙》一文中对移民数量估计的失误。在他的鼓励下，我也质疑他的某些观点。例如，在编绘《中国历史地图集》过程中，他形成的观点是"18世纪中叶以后、1840年以前的中国范围，是我们几千年来历史发展所自然形成的中国，这就是我们历史上的中国。至于现在的中国疆域，已经不是历史上自然形成的那个范围了，而是这一百多年来资本主义列强、帝国主义侵略宰割了我们的部分领土的结果，所以不能代表我们历史上的中国的疆域”。而我近年来的看法是，如果说1840年前的中国疆域是“自然形成”的话，那么此后到今天的中国疆域也是“自然形成”的。

我当然希望自己有一天能达到“随心所欲”的境界，但只有不断反思方有可能。只要不断反思，即使永远达不到这一境界，也能逐渐接近，所以在年近七十时，我想到的是“七十而思”。这并不是说以前没有思过，而是思得不够，要永远思下去。

《行万里路》自序[1]

“航旅纵横”网站上显示，从2011年开始至今，我乘坐国内航班的里程已经超过六十万公里。如果加上此前乘的和乘坐外国航班的里程，加上使用汽车、火车、轮船等其他交通工具，我的行程肯定已超过百万公里。古人将行万里路当作人生的目标，托现代交通工具之福，今人已可轻易做到。当然如果只计步行所及，多数人反不如古人，我自己的步行里程一定离万里远甚。

1945年我出生在浙江省吴兴县南浔镇（今属湖州市南浔区）。尽管这是一个以“四象、八牛、七十二条狡黄狗”众多巨富著称的千年古镇，我家却是从父亲开始迁来的孤零外来户。离外婆家不远就是汽车站，自幼就远远听到汽车喇叭声，或看着汽车绝尘而去。离我家不远的“大桥”（通济桥）下是船码头，每天都有几班轮船停靠或出发。到1950年初，我才第一次有机会离开出生地，当时就是在“大桥”下乘的船。失业在家的父亲回绍兴故乡过年，想卖掉祖屋作为谋生的资本。之所以带上我，是因为我已能自己行走，又无须买车船票。记得那天一早我随父亲坐上轮船，忽然见在岸上送别的母

1 《行万里路：葛剑雄旅行自选集》（北京：商务印书馆，2016）。

亲与其他人向后退去，就这样开始了我平生的首次旅程。船到杭州，换乘汽车到萧山，再乘轮船到离故乡最近的马鞍镇，步行到家。返程乘船到西兴，乘渡轮过钱塘江到杭州，再乘船回南浔。但直到我1956年迁往上海，都再也没有外出的机会，连县城湖州也没有去过。

或许是五岁时的首次旅行激发了我对外界的兴趣，我对一切描述外界的文字和图画都会贪婪地阅读。偶然获得一本通过一个小学生随母亲乘火车从上海去北京的过程介绍铁路旅行常识的小册子，看了不知多少遍。以至1966年第一次乘火车经南京到北京，我竟对火车上的一切和沿途设施感到似曾相识。

转学上海后，见闻渐广。特别是进了中学，可以凭学生证到上海图书馆看书，以后又找到外借的机会，可以随心所欲地找书读了。记不得在哪本书、哪篇文章中见到了“读万卷书，行万里路”这句话，立即给我留下深刻印象，并且产生了强烈的愿望。但与在南浔镇上一样，直到1966年11月，尽管已是我正式当中学教师的第二年，我的足迹还没有踏出上海一步。11月间，我所在中学的党组织已经失控，“革命小将”与“革命教师”纷纷去北京接受毛主席检阅，或投入“革命大串连”，我也挤上北行火车，在北京西苑机场见到毛主席。但那时一心革命，到了北大，连不远的颐和园都不想去，见了毛主席后就赶回上海继续革命。

1967年，学校继续停课，造反派夺了权后我这个“保皇派”无所事事，住在空教室里当起了“逍遥派”，整天练英文打字（用的是英语版《毛泽东选集》或《毛主席语录》）、游泳（响应毛主席号召），晚上悄悄装裱从地摊上淘来的旧碑帖。“文革”初“破四旧”时，为避免损失，我与图书室管理员将一些容易被当作“封资修”的书籍刊物转移到储藏室。此时我从中拣了一册《旅行家》的合订本，不时翻阅，眼界大开，却只能心向往之。

当年秋，学校成立革命委员会，为“清理阶级队伍”设立“材料组”（或称为专案组），吸收我为成员。以后“军宣队”（解放军毛泽东思想宣传队）和“工宣队”（工人毛泽东思想宣传队）进驻，接管材料组，我被留用。我校的审查对象中有一位在解放前当过记者的，交游广，经历复杂，还涉及中共高干与上层统战对象。为了查清他的问题，我先后去了广州、重庆、内江、成都、西安、铜川、石家庄、保定、邢台、北京、天津等地，还去了好几个县城和劳改农场。有几位审查对象原籍苏北，还有一位原籍山东，解放前在山东当过警察，我几乎跑遍了苏北各县和大半个山东。我严格遵守外调纪律，绝不趁机游山玩水，仅顺便参观过革命纪念地，如重庆的红岩村、石家庄的白求恩墓。另一方面，各地的名胜古迹、自然景观不是遭破坏就是被封闭，也无处可去。但我一般随身带着那套《旅行家》，至少预先看过与沿途和目的地有关的内容，增加了不少知识，有时还纠正了其中的错误。

1978年成为复旦大学谭其骧教授历史地理专业的研究生，才有了专业考察的机会，第一年在地理、考古教师指导下，去南京、扬州实习，第二年去内蒙古、山西、陕西、山东考察。1982年我与周振鹤成为首批博士生，9月去新疆、青海考察，研究生院特批我们从上海乘飞机去乌鲁木齐和喀什。1981年起我担任谭先生的助手，直到他1991年最后一次去北京，除我去美国一年的时间外，他绝大多数外出都是由我陪同的。十年间我又到了以前未涉足的昆明、贵阳、遵义、都江堰、三峡、武汉、壶口瀑布、沈阳、抚顺、长春、长白山、南宁、中越边境、桂林、洛阳、郑州、安阳、济南、曲阜、包头等地。我自己也有了各种参加学术会议、工作会议、讲学、评审、考察参观的机会，如1986年在兰州召开的历史地理年会组织了从兰州沿河西走廊到敦煌的考察，1987年夏天我与同学专程去青海、西藏、四川考察。到二十一世纪初，我已到过全国各省、自治区、直辖市，香港、澳门和台湾，包括与越南、缅甸、尼泊尔、巴基斯坦、塔吉克斯坦、吉尔吉斯斯坦、哈萨克斯坦、蒙古、俄罗斯、朝鲜接壤的边境。

1985年我四十岁时首次走出国门，去美国哈佛大学访学，至今已到过五大洲四十九个国家。改革开放的机遇、个人的努力和幸运，还使我获得几次可遇不可求的旅程：

1990年8月去西班牙马德里参加国际历史学大会，我从北京往返，全程火车，历时一个月，到了莫斯科、柏林、巴黎、马德里、巴塞罗那、海德堡、科隆、法兰克福、慕尼黑、维也纳、日内瓦、洛桑、布达佩斯等地，由二连浩特出境，从满洲里入境。

1996年6月至7月，由拉萨出发去阿里地区，详细深入考察了札达等处的古格遗址、土林和冈仁波齐神山。

2000年12月至2001年2月，以人文学者身份参加中国第十七次南极考察队去南极长城站，途经智利、阿根廷。

2003年2月至5月，应中央电视台和香港凤凰卫视之邀，我担任《走进非洲》北线嘉宾主持，在摩洛哥、突尼斯、利比亚、埃及、苏丹、埃塞俄比亚、肯尼亚七国采访拍摄，其中从卡萨布兰卡至亚的斯亚贝巴基本都乘越野车经行。

2006年10月至11月，我参加中央电视台组织的“重走玄奘路”文化交流活动，由新疆喀什出发，乘车经吉尔吉斯斯坦、乌兹别克斯坦、阿富汗、巴基斯坦，到达印度新德里和那烂陀寺遗址。

2011年7月，应邀至俄罗斯摩尔曼斯克，乘坐核动力破冰船“五十年胜利号”到达北极点。

2015年2月，专程去坦桑尼亚登非洲最高峰乞力马扎罗，到达四千七百五十米处。

这些都是我幼时做梦也不会想到的，也一次次超越了我成年后和中年后的梦想。

我曾经将游踪与感受写成《走近太阳——阿里考察记》《剑桥札记》《千年之交在天地之极：葛剑雄南极日记》《走非洲》等书和长短不一的文章，也通过数十次演讲与听众分享。“行万里路”的收获则与“读万卷书”的成果交融，支撑着我的学术研究、教学教育和社会活动，丰富我的人生，滋养我的精神，不断引发我回忆和思索。

在友人的鼓励和支持下，在这些书以外，我选编出版了《读不尽的有形历史》(岳麓书社，2009) 和《四极日记》(复旦大学出版社，2016)，也将这些书修订编入《葛剑雄文集4：南北西东》(广东人民出版社，2014）。但梁由之兄一再怂恿我编一本《读万卷书行万里路》，在编成初稿后又建议我将读书和行路方面的文章分编为两本，于是产生了《行万里路》和另一本尚在选编的《读万卷书》。趁《行万里路》问世之际，写下这些文字，作为以往行路的介绍，也为了向所有鼓励、支持、帮助我行路的人表达感激，并感谢梁由之兄和出版界的友人。

摄影集《三江源·历史跫音》序言[1]

我曾经在青藏公路旁沿着沱沱河畔往上游走去，想尽量接近长江的源头，也曾站在青藏铁路的沱沱河大桥上遥望各拉丹冬，但见白云缭绕着的雪山若隐若现。这一带的海拔已超过四千六百米，看六千多米的各拉丹冬群峰并不显得很高，却依然遥远而神秘。由于气候寒冷，河水主要来源于冰川。要是没有青藏公路和铁路，这里和各拉丹冬一样，常年无人居住，以致在以往数千年间只是偶然进入历史的记录。

当我到达埃塞俄比亚境内的青尼罗河源头，看到的却是另一番景象。在流入塔纳湖之前，尼罗河只是汩汩流淌的一衣带水。这片高原海拔只有两千米，加上气候温暖，植被茂密，连尼罗河畔都长满野生的纸莎草。人口虽不稠密，也不时有舟楫往来，民居在望。人类最主要的发祥地离此不远，应该不是偶然的。

同样是世界级的大江的源头，却因为自然环境的差异，而在人类生存和繁衍过程中起着不同的作用。尽管人类的生活和生存都离

1　本文写于2012年10月。白渔、郑云峰主编《三江源·历史跫音》(青岛：青岛出版社，2014)。

不开水，人类在早期无不逐水而居，却还会选择相对合适的地点，未必离水越近越好，或者必须处于江河的源头。

但是人类对地理环境的了解和认识有一个过程，必然中也有偶然。就像在气候变寒时北半球的人群一般都会向南迁移，却也有人群弄错了方向，误迁向北方。尽管多数人为之付出了生命的代价，也有人被逼找到了御寒的办法，或者发现了比较合适的小环境，最终得以幸存。

由于先民对地理环境一般都没有多少直接经验，更缺乏整体性的了解，所以会作出今人无法理解的选择。在考察了古格王国的遗址后，我不禁感慨，当初这支为逃避覆灭的命运而从雅鲁藏布江流域迁来的部族，只要再往南走一段，就能翻过山口，进入温暖湿润、水量充沛、物产丰富的喜马拉雅山南麓，却定居在这高寒贫瘠的险境。但如果设身处地，作出这样的选择也十分自然——经过长途跋涉终于摆脱了追击的这群人已经疲惫不堪，发现这一带虽然地势更高，却有深厚的黄土，可以掘穴而居，足以抵御严寒，也可维持生计。对于习惯在海拔三四千米生存的人来说，再提高到四五千米也不难适应。当时他们只看到前面挡道的山岗，却根本不知道山口另一边还有一片乐土。而一旦定居，非不得已就不会再迁移。

正因为如此，即使今天看来并不适合人类生存的江河源头，历史上也不乏先民的踪迹，还可能成为一些人群在相当长阶段内的家园。羌、吐谷浑、鲜卑、吐蕃、党项、蒙古等族都曾有人在三江源地区生活。艰险的生存条件也造就了他们超常的生存能力，能化解常人难以克服的困难。与此同时，他们又寄希望于超自然的力量，祈求得到神灵的庇佑，神话和原始信仰应运而生。由于外界对他们知之甚少，亲历其地的人几乎没有，令这类传说更平添了神秘色彩，具有极大的魅力。源于三江源的西王母形象和她无所不能的神力，尽管可能有外来成分，但无疑因当地特殊的自然地理和人文地理环境而变得丰富多彩。中原的华夏诸族更发挥了丰富的想象力，产生了琳琅满目、美玉满阶、神仙游憩、崇高圣洁的昆仑，西王母也成了周穆王专程西巡的拜访对象。

当这种想象上升到信仰时，江河源头就成了主宰河流命运的神的居所。于是在人们足迹所及的河源，无不先后建起了该河神的庙宇，请河神定期享受人们的祭献，以便实现他们安澜永定的期待和风调雨顺、国泰民安的愿景。历来多灾的黄河为国计民生所系，河神自然是国家和民众最应尊奉的神祇。随着黄河下游的决溢改道越趋严重，对河神的祭祀规格也更加隆重，却收不到相应的效益。

到清朝乾隆年间，终于有人悟出其中“道理”——由于祭河神的地方离其居所太远，所以尽管祭仪尊崇、祭品丰歆，河神却无法享受。乾隆四十六年（1781）黄河在江苏、河南决口，于是次年有了皇帝钦命，阿弥达奉旨率大队人马上溯黄河正源卡日曲，在真正的河源与河神沟通。

惯于在高原游牧的蒙古人对河源有自己的想象和意愿。至元十七年（1280），元世祖召见都实和他的堂弟阔阔出，要求他们查到黄河发源的地方，要在那里建一座城，供吐蕃商人与内地做买卖，并在那设立转运站，将贡品和物资通过水运到达首都。尽管这座城和转运站始终没有建成，但都实等人将黄河的正源确定在星宿海西南百余里处，并且留下了详细记录。

在人类的早期，在不同的群体、不同的地域之间虽然也不无差异，但在生产力普遍落后的情况下，彼此间在生产、生活上的差距不会很大。就主要由手工创造的物质文明而言，个人的天赋会发挥很大的作用，所以往往不受物质条件的影响，因而在相对穷困落后的社会或自然条件险恶的环境，同样能产生高水平的文化艺术成果。在青海柳湾，出土的彩陶色彩之艳、形制之全、品位之高、数量之多，大大超出了常人的想象，而已经发掘的还只是遗址的一小部分。

在良渚博物馆，我看到过大量精美绝伦的玉器，其工艺之精，比之于用现代工具加工的当代制品也毫不逊色。但据目前所知，那时的良渚人还缺少起码的工具，更没有硬度超过玉的金属工具。有人问我:“他们用什么办法，手工钻出如此小的孔？又能使孔径如此圆？”我不知道，但完全相信其可能性。其实，我们所说的良渚人，是指一个相当长的年代，就像“柳湾人”一样，都有数百年或两三千年的历史。在这样长的时间和这样多的人中，完全有可能出现一两位或若干位具有超常天赋的人物。如果他们毕生从事某项工作，如制作陶器、玉器，加上多少代人累积的经验，就有可能突破某一难题，创造出某种有效的工具，或制造出某种全新的产品。而当这些制作与一种信仰联系在一起，或者就成为信仰的实践，人的天赋会发挥到极致。

人类留下的艺术瑰宝都是在适当的机遇下，由天才以其信仰创造出来的，在三江源地区也不例外。

现实毕竟比长期无法实现的理念有更持续的作用。在长期的交往与偶尔的亲身体验后，在江河源头生存的人群渐渐明白，自己的居住地远非天堂，在他们可以到达的地方，还有更适宜的家园，于是他们持续向河流上中游迁移，积渐所至，汇为数量可观的移民。由三江源地区迁出的羌人，不仅遍布河陇、关中，还远徙关东，深入中原。一旦本地遭遇天灾，或者受到战乱驱使，或者中下游出于种种原因出现人口低谷，求生的本能和上升的欲望会使更多的人在短期内迁离。其中的幸存者和成功的定居者便永远离开了故乡，绝大多数最终融入华夏。也有不少人丧生旅途和客死异乡，或许只有他们的孤魂能与祖先团聚。

历史也会翻开相反的一页，当中下游地区天灾人祸频仍、经历浩劫时，求生的民众会远溯江河，翻山越岭，寻求避秦的世外桃源。试图割据的政客、拥兵自保的将领、乱世称霸的部族首领、揭竿而起的流民难民，纷纷进入以往的蛮荒之地，三江源头出现罕见的兴旺。公元386年建立的后凉，已拥有今青海东部。397年，河西鲜卑首领秃发乌孤建南凉，并于399年迁都乐都（今青海乐都区），同年又迁至西平（今西宁市），地区政权的行政中心第一次离江河源头那么近。西魏大统六年（540），吐谷浑首领夸吕可汗在今青海湖西岸布哈河河口（今青海省共和县石乃亥乡铁卡加村西南）建伏俟城作为王都。伏俟城作为吐谷浑的王都前后达百余年，是中国历史上最近江河源头的、唯一的区域政治中心。对已在这片土地上长期生存的吐谷浑来说，做出这样的选择是很自然的，因为伏俟城的地理条件的确是该区域内建都的首选。但吐谷浑的兴盛既取决于自身的奋斗，包括阿才那样的杰出首领，更受制于外部因素。一旦中原统治者开疆拓土，或者强邻崛起，就无法幸存。吐谷浑先被灭于隋，再亡于吐蕃，伏俟城从此废毁。

好大喜功的统治者，或泥古不化的政治家，为了实现“奄有四海”的政治理想和政绩效应，始终以版图中缺少“西海”为憾。西汉平帝元始四年（4），执掌大权的王莽让青海湖东岸的羌人“献地”，在那里设置西海郡，使汉朝同时拥有东海、南海、北海、西海四个郡。隋炀帝趁吐谷浑败于铁勒之机，灭吐谷浑，大业五年（609）于伏俟城置西海郡，又在更近河源的地方置河源郡（治所在今青海省兴海县东南）。但军事征服是一回事，能否有效地实施行政统治、是否有必要在人口稀少的游牧地区设立经常性的行政机构是另一回事。这两郡如昙花一现，隋朝以后再未重建，直到近代中央政府才在那里设立正式行政区划。

今天，当历史重新眷顾三江源地区时，它已不仅是人类扩展中的生存空间，也不仅是天然资源的供应者，而是人与自然和谐相处的场所、人类共同珍惜的所剩无几的净土，也是时间与空间为我们保留着的先民的遗产。如果说，先民对它的崇敬和向往更多是出于想象甚或恐惧，今天和未来的人们却是出于理性和追求。江河源头在人类文明中终于有了应有的地位，属于它的时代刚刚开始。

与文字记录相比，以摄影作品反映历史会有不少难以克服的困难。并非所有的历史都留下了可供拍摄的图像，并非所有的图像都能得到正确的解读。无论是历史时期的芸芸众生，还是那时的风云人物，大多骨骸无存。当初的金城汤池、宫室苑囿、闾阎巷陌、村落田畴，至多只留下断垣残壁。山川依旧，人文全非，摄影家如何追溯历史、寻找历史的遗迹、记录历史的回音？

这就要求摄影家具备历史的眼光，善于发现历史遗迹，作出正确的解读，构成最传神的图像，最大限度地显示历史真相。这还需要历史学者的帮助，提供适当的文字说明，特别是一些具有普遍性的图像，要是没有说明，即使专业人员也未必能正确判断。当然，不同的读者会对同样的图像作不同解释或不同理解，欣赏能力和程度也有差异，但都能增加历史知识，增强历史观念，爱三江源的今天，也爱三江源的昨天，更爱三江源的明天。

我欣喜地发现《三江源·历史跫音》已达到这样的目的，于是写下了这些文字。

为南京拟《世说新语》推介[1]

论文辞优美、简朴隽永，此书可谓篇篇珠玑，是文学中极品。所录虽为五六百位各类人物的细节或各种事件的片断，但兼收并蓄，往往能补正史之遗，且更率真传神。虽非哲学专著，妙语玄谈，虚实僧俗，寓意深刻，境界无穷。欲了解东汉至魏晋南北朝的历史和文化，理解相关人物的情趣和风尚，体会中国传统文化的恢宏和精妙，此书必读。若非有求知或研究的具体目的，此书最宜任意阅读，不必全读或按次序读，可不求甚解，随心所欲，心领神会，其乐无穷。

1　2015年4月23日是首个江苏全民阅读日暨第二十届南京读书节，南京启动“传世名著”评选等系列活动。作者以复旦大学图书馆馆长的身份，向南京推荐《世说新语》。

童年生活中的江南“粪土”[1]

李伯重教授《粪土与历代王朝兴衰的关系》一文中有关江南“粪土”的叙述，勾起了我对童年生活的回忆，也可印证伯重兄所引的史料。

1945年我出生于浙江省吴兴县南浔镇（今属湖州市南浔区）宝善街，1956年夏迁居上海。因我幼时记忆力颇强，加上一个衰落中的市镇没有什么宏大题材，日常生活反能留下较深印象。

从近年发现的《南浔研究》（当时小学生在教师指导下形成的社会调查资料）原稿得知，二十世纪三十年代镇上已有几处公共厕所。但到五十年代初每家每户还都使用马桶，倒马桶便成了家庭主妇或女佣的日常家务。不过，家里的女人不必亲自倒马桶，至多只要将马桶拎到家门口，因为每家的马桶早已由惜粪如金的农户承包了。每天清晨，都会由固定的农妇或她家的大女孩将马桶拎去，倒入她家的粪桶后再洗刷干净，送回原处。如果主人不介意，也可不必将马桶拎出，由她直接到房间取。但送回时都送在门口，还将盖子斜放，开着一半，一则告诉主人马桶已倒过，一则便于风吹干洗刷时

1　本文原载于2016年3月22日的腾讯网《大家》专栏。

弄湿的马桶沿，免得主人使用时不舒服。到八十年代我第一次在广东的餐馆用餐，见友人将茶壶盖打开一半斜放在壶上，得知这是提醒服务员添水，不禁想起那时家门口斜放着盖子的马桶，差一点笑出声来。

也有讲究的主妇嫌乡下人洗得不干净，会自己拎到河边，用专用的马桶刷子再刷洗一遍。这种刷子一尺多长，用竹子劈成细条扎成，南浔方言称之为“马桶甩（音 hua）洗”。如果主妇抱怨，农妇会忙不迭地赔不是，保证明天一定洗刷得更干净，因为怕失去一个粪源。我家自然也备有马桶甩洗，但母亲用的次数不多。南浔人在指责别人或自己孩子满口脏话时，会骂一句重话：“嘴巴要拿马桶甩洗刷刷了。”

对农家来说，粪源就是肥源、财源，特别是承包马桶，更是固定的日常粪源，必须确保。按惯例，四时八节，农户都要给马桶主人家送时鲜蔬菜和自制食品，过年前送得更多，一般有新米、糯米、鸡蛋、鸡、肉等。农户自给自足，送的东西都是自己种的或自家地上长的，如有的农家有片竹子，会送春笋冬笋，有的农民会捕鱼抓虾，会送鱼虾。自制食品一般会有熏豆（毛豆煮熟后在炭火上烘干）、风消（糯米饭摊在烧热的铁锅上用铲子压成薄片烘干）、年糕、粽子、炒米粉等。礼物的多寡虽与农户的能力及双方的亲疏程度有关，主要还取决于粪源的数量和质量，人口多的人家不止一个马桶，量大；成年男性多，马桶中粪的含量高。以承包马桶为基础，双方往往会建立更加密切的关系。农户为巩固粪源，防止他人争夺，会尽力讨好主人。主人也会有求于农户，如家里有婚丧喜事要采购食品、到乡下上坟时要找个歇脚地、孩子要雇奶妈或寄养、临时找个佣人或短工、出门搭个航船，都得找熟悉的乡下人帮忙。而来家倒马桶的人天天见面，联系方便，又信得过，往往认了干亲，相互以“干娘”“过房女儿”相称，结成比一般亲戚还密切的关系。

当地习俗，男人除使用外不能接触马桶，否则于本人与家庭都不吉利，拎马桶、倒马桶、洗马桶都是女人的事。承包马桶的农户一般离镇不远，都用粪桶将收集到的粪便挑回去，集中在自家的粪缸中。大多是由女人将空粪桶挑到承包户附近较隐蔽处，倒完马桶后由家里男人来将粪担挑走，也有女人自己挑回去的。有的农户承包的马桶多，或者路远，会搭航船回家，将装满粪便的粪桶挑到船上，放在后梢。为了不招致镇上人讨厌，倒马桶的人一般都起得很早，挑粪的人也尽量走偏僻的小路或弄堂。偶然见到直接将粪便装在船舱里的粪船，那是负责公共厕所或学校等单位里厕所的，当然也需要预先订购。

不过到我离开南浔前一两年，镇上有了“清管所”（清洁管理所的简称），并且出现了由清管所工人推着的统一式样的粪车。上门倒马桶的农妇消失了，居民自己将马桶倒入粪车或新建的公共厕所内。我父母在1954年就去上海谋生，我们姐弟虽还住在家里，却是由外婆来照料的，我已记不得来我家倒马桶的人什么时候开始不来了。现在想来，这大概是农业合作化的结果，粪源归集体了，农户自然不能再个别承包倒马桶。种田开始用“肥田粉”（化肥），粪肥独秀的格局改变了。

1956年我也到了上海，随父母住在闸北棚户区的一个小阁楼上。每天早上都会听到马桶车轧过弹硌路的声音，大弄堂里会传来“马桶拎出来”的喊声。母亲会随着邻居将马桶拎到粪车倒掉，然后在给水站（公用自来水龙头）旁洗刷马桶。有人在马桶中放一些毛蚶壳以便刷得更干净，于是传来特别响亮的刷马桶声。1957年我家搬到共和新路141弄，住在弄堂底，马桶车进不来。后来建的倒粪便站在弄堂口，加上母亲早上要上班，只能将倒马桶包给一位被大家称为“大舅妈”的中年妇女，每月付费一元。一次母亲与南浔的亲戚谈及，他们觉得不可思议，家里的马桶给她倒，非但得不到好处，还要倒贴钱。“难道收粪的不给她好处？上海人真门槛精！”

在南浔时，亲友和同学中没有大户人家，住房都不大，大多没有“马桶间”，马桶就放在卧室一角或蚊帐后面。我们从小被教的规矩是，到别人家里去时不要喝茶，尽量不要用马桶，特别是女孩子。只有过年可以例外，因为南浔过年待客时要上甜茶（放风消和糖）、咸茶（放熏豆、丁香萝卜干和芝麻），不喝是失礼的。有时小孩喝不完，大人会帮他喝光。但到乡下去就没有这样的限制，因为农家都欢迎使用家里的马桶，送肥上门。不用说亲友上门，就是路过的陌生人，无论男女老幼，只要说是“借你家解个手”，或“急煞了”，马上会延至马桶前。有的农妇还会热情介绍：“这只马桶刚刚刷得清清爽爽。”“汰手水搭你放好了。”草纸当然会放在马桶旁。如果主人家正好有空，还会泡上茶，留来客休息一会儿。如来客喝了茶，又及时转化为小便，那就上上大吉，一定会更热情招待。就是家中没有人，只要门没有关上，过路人也可以堂而皇之进屋使用马桶，主人回来绝不会怪罪。

为了广开粪源，乡村的路旁不时可见掩埋着的大粪缸，缸口高于地面，缸缘铺上一块木板，供过路人蹲在上面方便。有的还在上面盖上简易的稻草顶，为使用者遮阳挡雨；木板前方横一根竹木把手，以减轻使用者久蹲的疲劳，也便于结束后起立。但这类简易厕所总不会全部封闭，大多全无遮挡，使用者在内急时也顾不得那么多，所以我们在乡间行走时，不时从后面看到蹲客的半个屁股，或者见到撅起的屁股正在完成最后动作，早已见怪不怪。我们男孩小便时自然不愿站到粪缸上闻臭，随便在路边田头找个地方。要是给农妇看见，一定立即制止，并热情邀请："小把戏，乖，到这里来撒！"或者说："我这里有豆，撒好后拿一把吃吃。"如果有自己的孩子与我们在一起，必定招来怒骂："个青头硬鬼（音举），笨得勿转弯，还勿快点叫两个小把戏撒在自己田里！"

路旁随处可见的大粪缸固然是农家上好肥源，可换来满仓粮食，但也给路人与乡村本身带来很大麻烦。一是臭气熏天，因为粪缸都是敞开的，最多在上面盖一层稻草。特别是夏天，在骄阳下粪缸中水分与臭气一起蒸腾，掩鼻而过也受不了。一是不安全，走夜路的人不小心跌入粪缸的事时有所闻。暴雨后粪水横流，农民在河里洗粪桶，造成河水污染，而农民为节省柴草，夏天一般都喝生水，用冷水淘饭。粪缸上苍蝇成堆，农民家中也满桌满灶，造成的传染病流传，又得不到及时防治，常有农民不明不白“生瘟病”死掉。幼时常看到一群人抬着病人从乡下赶往医院，有时跟着去看热闹，不久就听到哭声震天，抬出来的已是一具尸体。

到上海后常在暑假回南浔，再到乡下走走，见露天粪缸逐渐消失，代之以公共厕所。镇上居民用上了自来水，有了集中处理粪便的水冲厕所，已有人家用抽水马桶。尽管镇上人家的马桶还沿用了很久，但农户承包倒马桶从此成为历史陈迹，只有我们这一代人还将其保留在记忆之中。

乘飞机

——当年的梦想与记忆[1]

现在我几乎每星期都乘飞机，有时连续几天往返于机场，国内主要航空公司的里程卡都有，其中有两张金卡、一张银卡，累计里程早已超过一百万公里。但乘飞机的梦我曾经做了二十多年，直到1981年我三十六岁时才第一次乘上飞机。

读小学六年级前我生活在浙江吴兴县的南浔镇（今属湖州市南浔区），“飞机”这个词是从课本上学到的，飞机的形象是在连环画中看到的。抗美援朝战争期间，听到空军英雄张积慧的名字和事迹，也听到了美国王牌空军驾驶员的飞机被击落的消息。偶然听到空中的响声，大家会跑出门看飞机，那时飞机飞得慢，一般都能看到它从上空飞过。有一次飞机飞得很低，可以看见机舱的模样，有人说是从嘉兴的军用机场飞过来的。

六年级起我转学到上海，慢慢知道在龙华和大场都有飞机场，

1　本文原题《我曾做了二十多年的飞机梦》《80年代乘飞机遇到过的尴尬事》《35 年前乘飞机的窘事》，分别载于2015年12月11日、2016年2月16日、2016年3月24日的腾讯网《大家》专栏。

但一直没有机会去看一下。那时放电影前往往加映《新闻简报》，以后还有了专放新闻纪录片的红旗电影院。我喜欢看新闻片，经常会见到国家领导人与外宾走下飞机舷梯的场面，有时还会见到大型客机起降和领导人坐在机舱内的画面。特别是看周恩来总理访问亚非十多国的彩色新闻纪录片，见到他坐在舱内，旁边的舷窗外有旋转的螺旋桨和蓝天白云的景象，不禁有了坐飞机的梦想——什么时候也能坐上飞机，哪怕只是在空中转一圈也好。

那时我们的印象中，乘飞机是领导人和外宾的事，与一般人无关。直到我高中毕业后当了中学教师，接触到的人中间，无论是上级、同事、家长、亲友，还没有听说有谁坐过飞机。“文革”开始后，“红卫兵、革命师生大串连”中我到了北京、南京，有的同事和学生转了大半个中国。“清理阶级队伍”时我参与单位的“外调”(去外地、外单位调查)，天南地北走了两三年，乘过火车、汽车、轮船、卡车、军用车、拖拉机、自行车，却从来没有动过乘飞机的念头，也不知道怎么才能坐飞机。1969年夏天，一位女同事收到在四川德阳的丈夫患病的消息，急于赶去，上海去成都的火车却因故停运，心急如焚。我们帮她打电话到民航站，得知上海隔天有飞成都的航班，票价一百一十六元，可以凭单位介绍信和本人工作证购买。原来，革命群众（要是“阶级敌人”或“审查对象”肯定开不到单位的介绍信）有钱买票就能坐飞机。但当时上海的大学毕业生实习期满的起点工资每月五十八元五角，大学讲师是六十五元，一般青年工人是三十六元，这钱可不是轻易敢花的。果然，那位同事犹豫再三，还是舍不得花两个多月的工资坐飞机。

1970年，我工作的古田中学，被闸北区革命委员会外事组选为外事迎送单位，在学生中训练组成一支腰鼓队。我因分管学生工作，经常作为带队教师之一执行任务。迎送最多的是西哈努克亲王，经常是在北火车站和沿途路旁。以后随着外宾的增多和这支迎宾队质量的提高，有了去机场的机会，并且往往会排在最重要的位置。

第一次近距离看到飞机降落，是到虹桥机场迎接一个从南京飞来的南斯拉夫代表团。那天阴云密布，我们的队伍两次已排列在停机坪上，又两次被拉回休息室。那时机场上一个下午没有一架其他飞机起落，候机楼里也没有见到其他人。时近傍晚，终于见到一架双螺旋桨客机在远处着陆，并且滑行到我们面前。舱门打开后，放下一个小梯，外宾一一下梯。在一片鼓乐声和“热烈欢迎”声中，我的眼睛始终盯着那架飞机，因为这是我第一次与一架飞机离得那么近。

1971年10月，迎宾队奉命去虹桥机场，参加欢送埃塞俄比亚皇帝海尔·塞拉西一世的仪式。在事先召开的领队会上听到介绍，这位皇帝的随员很多，其中包括一位在代表团中排名第三的人物为他牵着的一条爱犬。我们向学生传达了这些内容，以免大家到时会大惊小怪。那天到机场后，发现到处是军人，而且都穿陆军服，连王洪文（时任上海市革命委员会副主任）也穿上了军装。事后才知道，因“林彪事件”陆军接管了机场，而王洪文已被任命为上海警备区政委。

我们的队伍被排在专机前面，我站的位置正对着舷梯。浩浩荡荡的车队直驶到专机前，我数了一下，足足一百余辆，大多是上海牌轿车。周恩来总理和塞拉西皇帝下车后，并肩步向舷梯，皇帝身后果然有人牵着一条狗。周总理陪同皇帝登上专机，张春桥（时任中共中央政治局委员、上海市革命委员会主任）、王洪文等站在舷梯前送行。车队上下来的众多人员全部登机后，周总理又走了下来，和张春桥讲了好一会儿话后才重新登机。那次是我离一架大型客机最近、观察时间最长的一次，可惜由于机舱门位置高，尽管一直开着，却看不到舱内的景象。

1978年10月我成了复旦大学历史系研究生，师从谭其骧先生，1980年下半年起学校让我当他的助手。谭先生在脑血栓形成治愈后不良于行，外出开会我得随从。当时教授出行乘火车可以坐软卧，乘船可以坐二等舱，按财务制度，我只能坐硬卧、三等舱。但如果谭先生乘飞机，我也可以陪同，这样就给我提供了破格乘飞机的机会。

当时购机票只能到陕西路民航售票处，而且只有中国民航（CAAC）一家。大多数航线是每星期几班，只有像北京、上海之间才每天有航班。我们得先到校长办公室开一张证明，带上自己的工作证，才能去购票。第一次乘飞机时是否由我自己去购机票，已经记不清了。但以后一般都是我去陕西路民航站购票，民航售票有代理是多年以后的事。

1981年5月13日，谭先生赴京出席中国科学院学部大会，他的日记中记录如下：

早五点一刻起床，五（点）半葛来，六点出租汽车到，出发赴机场。候车场遇刘佛年（华东师大校长）一行。七点许登机，卅五分起飞，九点十分到北京机场。地学部孟辉在场迎接，等行李，约一小时始取得。

由于是第一次乘飞机，我的印象也很深。早上四点一过就从杨浦区平凉路家中出发，转两路电车到淮海中路谭先生家。出租车是谭先生凭“特约卡”(当时出租汽车少，出租汽车公司给一些照顾对象的优先服务）电话预订的。那时去机场没有公交车，只能到陕西路民航购票处乘班车。虹桥机场只有一个不大的候机楼，但因航班少，乘客都能有座位。我预先打听了乘飞机的手续，所以办登机牌、寄行李都还顺利。广播通知登机后，有人引导乘客由候机楼出门，下台阶，乘上摆渡车，到停机坪的飞机前下车，再上舷梯进机舱。谭先生与刘佛年等人就是在上车前遇见的。谭先生右手拄着拐杖慢慢走，登梯时我得在左边扶着他。

这是一架三叉戟客机，中间是过道，两边每排各有三个座位。谭先生的座位靠窗，我的座位在中间，但他让我坐在窗口，自坐中间，以便进出。我自然求之不得，坐定后就贪婪地看着窗外。飞机在滑行一段后加速，窗外的景物急遽倒退，突然窗外的一切向前倾斜，飞机腾空而起。这使我想起五岁时第一次乘轮船离乡时的情景，忽然见岸上的人后退了，才明白这是船向前移动的结果。那天天晴少云，飞行平稳，沿途的景观看得很清楚。因为时间不长，谭先生没有上洗手间，我的观赏一直没有中断。平飞后服务员送过一次饮料，每人发了一份糖果。我因为专注于窗外，喝了什么吃了什么都没有留下印象。

到北京后取行李花了近一小时。那时寄、取行李都是手工操作，寄行李时服务员手写行李牌，一块交给旅客，一块系在行李上。取行李时也得交验行李牌，然后才能一一取走。多数机场还没有行李输送带，是由行李车一车车运来，一车车卸下，再由旅客认领。一些小机场上旅客等在飞机旁边，直接从卸下的行李中取走。那时旅客的行李也各式各样，皮箱、帆布箱、木箱、纸箱、包裹，什么都有，完全一样的箱子也不少，经常遇到行李牌脱落、行李散架或行李拿错的事。很多人都是到出国才买行李箱，我也是到1985年第一次出国时才买了第一个行李箱。

我随谭先生乘上中国科学院派来的小汽车，直驶京西宾馆。以后我自己乘飞机时都是坐机场的班车去民航售票处，开始时在隆福寺，以后迁到西单，再往后才有公交专线车。那时还没有机场高速公路，只有那条双车道的机场路通往东直门外，两旁是密密的杨树林。因为来往车辆有限，非但从不塞车，而且显得非常幽静。

6月1日从北京返回，据谭先生日记：

> 八（点）半出发，同车广东民所黄朝中。九（点）半许到机场，十一点餐厅吃饭，十二（点）半起飞，二点到合肥，二点四十分合肥起飞，三点二十（分）到上海，约

四点到家。

我再乘电车回家，近六点才到，花了整整一天。这一天京沪间只有两个航班，因为我们是从香山别墅出发的，来不及赶早上一班，只能乘下午这班，得经停合肥。这是因为中国科技大学在合肥，科学家、教授经常要往返于北京合肥间，但省会城市还不能天天有到北京的直达航线，京沪航线经停合肥是为了照顾他们。

因谭先生不良于行，不便下蹲，在旅途中多有不便，为了缩短旅行时间，他一般都选择乘飞机。我因此获得更多乘飞机的机会，最多的一年有十余次，所以有了各种愉快的和不愉快的经验。

开始时最好的民航机是往返于京沪间的三叉戟，以后才淘汰，改为波音和空客。多数航线还用伊尔 -18、安 -24、安 -14 等，后来又有了图 -154。伊尔 -18 的噪音极大，特别是坐在第四排（或第五排）靠窗的座位，实际那个座位旁是没有窗的，又靠近螺旋桨，就像坐在一个铁箱里，一直伴随着震耳的噪音和剧烈的颤动，还看不到任何窗外的景象，实在难受。安 -24 虽然较小，却坐得比较舒服，两排四十八座，过道一边两座，进出方便。飞行高度只有几千米，遇到少云时看地面一清二楚。缺点是航程短，当年 10 月 17 日我随谭先生去西安，途中就停了两次，谭先生的日记有记录：

早五点三刻起，葛来，六点半出发赴机场。七点三刻起飞，八点五十到南京，机场休息半小时，大便。再起飞，十一点五分到郑州，机场午饭。十二点起飞，一点二十到西安。

以后一次从长春回上海时，先乘安 -24，经停沈阳，再到北京，转机到上海。从乌鲁木齐去喀什时，经停阿克苏。经停时如正值用餐时间，机场免费供餐。那次我们过郑州机场，就在候机楼用餐。旅客不多，可二三人自由组合，送上四菜一汤和米饭馒头，不比一般餐厅差。较长航程又值用餐时间，飞机上也供餐，那时觉得比平时的伙食好。一般旅客对塑料餐具很新鲜，用完餐后都将匙、叉用餐纸擦干净后带回家。但碗盘是要再次使用的，有的旅客也悄悄留下，空姐在配餐时少不了一次次提醒，还得提高警惕，及时发现。首次乘飞机的旅客往往不敢吃饭，怕呕吐。实际上有人既不习惯又紧张，不吃不喝也会呕吐，那时坐飞机经常遇到坐在附近甚至邻座的旅客呕吐。1982年8月我与周振鹤从上海乘飞机去乌鲁木齐，途中用午餐，坐在旁边的维吾尔族旅客大概怕所供不是清真食品，直接递给了我们。

二十世纪八十年代我刚开始乘飞机时，除了北京的首都机场，一般机场离城区都不远，有的机场就在城边。记得有次从上海乘飞机去南京，降落在大校场机场，乘上来接的汽车，很快就到市中心的宾馆。那次去西安，飞机下降过程中在城楼掠过，马上就在跑道落地。首都机场的地点没有变过，离市中心最远，有一条双车道的公路进城。

但以后新建的机场离城市越来越远，兰州中川机场离城区八十公里，拉萨的贡嘎机场差不多有一百公里。那时还没有高速公路，好像也没有出租车，即使有的话，我们也用不起。所以往返机场只能到民航售票处乘班车，或者从机场乘班车到售票处后再转车他处。连同等候时间，一次至少要花三四个小时。这两个机场规定，如果乘上午的航班，必须在前一天下午乘班车到机场，在机场宾馆或招待所过夜；如果是乘下午的航班，也须乘清晨的班车去机场，天不亮就得到售票处候车。有一次，兰州的售票处要求我们前一晚就要住在民航招待所，才能保证乘上第一班班车。这些宾馆或招待所无不质次价高，但因床位紧张，别无选择，乘客只能接受。这些费用都不包括在机票之内，我就遇到过有人在到达机场时才发现口袋里已经没有付住宿费的钱了。

贡嘎机场不仅离城区最远，而且海拔最高，气候条件最差，加上当时机场设施和客机的性能都比较落后，所以不得不采取特殊的登机方式。1987年夏天，我从贡嘎机场乘飞机往成都，在办妥登机手续后，全体旅客被要求携带全部随身物品提前在停机坪旁排队，席地而坐等候。等到达航班停下，旅客都下机后，几位工人以最快速度做好清洁。等在舷梯口的旅客立即登机，工作人员不断催促，等最后一位旅客上机，舱门立即关闭，飞机就开始滑行。我当时不明白为什么如此紧张，后来才从一位机场工作人员处得知，由于贡嘎机场特殊的地理位置，经常为云雾笼罩，适合起降的窗口时间很短，如果停机时间长了，很可能丧失起飞时机。有时旅客提前坐在停机坪旁，却没有等到来的航班，因为飞机降不下来，不得不返航。有时旅客虽抓紧时间登机完毕，气候条件却已经不适合起飞。

这种情况我以后又遇到过。那是2000年12月，我参加中国第十七次南极考察队去位于乔治王岛上的南极长城站。我们的最后一段航程，是从智利的蓬塔阿雷纳斯乘智利空军的运输机去岛上的智利弗雷总统基地机场。由于岛上恶劣而复杂的气候条件和机场导航设施的简陋，适合起降的窗口很小、时间很短。据说有的旅客曾连续三天等不到唯一的航班起飞，也有的航班已经飞临乔治王岛上空，却因一直等不到这个窗口而不得不返航。这是常有的事，所以在出发前已经给我们打了招呼，当天不一定走得了，也不知道得等几天。我们很幸运，出发那天飞机按预定时间起飞，并且顺利地降落在基地机场。但到2月份返回时就没有那么顺利了。那天长城站全站出动，因为中央慰问团乘当天航班到达，我们几个人乘此航班返回。我们一早就将行李集中，腾清房间供接待代表团。近中午时听到了飞机的轰鸣，又看到那架运输机在上空盘旋。可是等了好一会儿，渐渐听不到飞机声了，稍后机场传来信息，因无法降落，飞机已返回蓬塔阿雷纳斯。我们只好重新打开行李，还不知道第二天能否成行。中央慰问团往返于北京南极，行程长，需多次转机，成员多。其中还有几位部级领导，遇到这种情况，考察站和驻智利的办事处应付不迭，束手无策，慰问团只能缩短在岛上停留时间。此前我接待过韩国的科技部部长，他也因为航班无法降落而推迟到达，只能在岛上停留几个小时，原定的访问计划取消，来站里与我作简短交谈后就去机场。

在首都机场建成卫星厅（现在的第一航站楼）之前，全国的机场还没有使用登机桥或廊桥的。大一点的机场一般用摆渡车（但那时不用这个名称）将旅客从候机楼送到航班的舷梯前，小机场就得从候机楼走到舷梯登机。遇到寒暑雨雪或异常天气，这段不长的路也会有不小的麻烦。夏天气温高、阳光强，没有任何遮挡的水泥停机坪被晒得火热，脚踩着发烫，手扶舷梯栏杆也受不了。有的机场风特别大，不止一次看到有的旅客的帽子被吹跑，有的旅客拿在手里的登机牌被吹飞，差一点登不了机。有时摆渡车到了飞机附近，突降暴雨，旅客下不了车，只能在车上等候。有一次雨不止，大概飞机一时也不能起飞，摆渡车驶回候机楼，让旅客下来等候。由于等行李时间长，有的旅客带的东西实在多，不少人都随身带着大包小包，为了登机后能有地方放，下车后就蜂拥而上，挤满舷梯。我陪谭先生乘机时，因他不良于行，我左手得扶着他，右手方能拿些随身物品。我们下车或离开候机楼时都走得比较慢，被其他人一挤，每次都是最后登机，等我们到座位时，行李箱早已被塞得满满的，冬天连脱下来的大衣都塞不进去。所以我宁可多花些时间等取行李，也要将一切能寄的行李物品托运。

那时的飞机起飞前不开空调，夏天进入机舱就像一个大蒸笼，旅客无不汗流浃背。就是春秋天，在阳光强烈时机舱内也会热不可耐。机上的小礼品往往就是一把小纸折扇，上面印着“中国民航”和“CAAC”的标志。旅客坐定，舱内一片摇扇声。待飞机升空，冷空气由座位上方行李箱旁喷出，形成一片白雾，舱内温度随之逐渐下降，却引起初次乘机的人的紧张，以为飞机漏气或出了什么问题。

继首都机场卫星厅后，一些大机场陆续建起了廊桥和登机桥。现在，除了省会以下城市一些航班少、客流小的机场，几乎都有了登机桥。但遇到航班调配不正常或起降集中时，一些航班还是靠不上登机桥，只能在停机坪上下客，机场里称之为“远机位”。还有的航空公司为了节约开支，特意选择远机位，每个航班可以少付给机场费用。国内外一些大机场由于航班密集，或者为了便于旅客往返于不同的航站楼，经常有一些航班要停在远机位。

除了都提供快捷舒适的摆渡车，有的机场还有更周到的服务。如巴黎戴高乐机场用的摆渡车很特别，可以用液压设备顶升到与机舱门对接，旅客直接步入车厢，客满关门后再降至平地，马上驶往对应的航站楼，旅客始终在“室内”，不受风雨寒暑影响。

但登机桥有一定的高度，只适合大中型飞机，小型飞机靠不了。旅客需要从登机桥旁的楼梯下到平地，或者到底层候机楼，再乘摆渡车登机。美国的支线航班一般都使用小型飞机，都是用摆渡车直接送到飞机前，舷梯很短，是从飞机上放下来的。旅客登机完毕，乘务员拉上梯子，关上门，飞机就滑行上跑道了。由于调度合理、效率高，又只有二三十位旅客，乘这类飞机比乘大飞机还省时省力。

“文革”期间我们到机场迎送外宾时，曾经规定一条纪律：机场里不许照相。这条规定得到百分之百的遵守，因为迎宾队的老师和学生谁也没有照相机，自然不会有人去机场照相。在我的印象中，

1983年我开始乘飞机时，登机过程中也没有人照相，或许是因为乘客中带照相机的人不多，而有照相机的人大概早已拍过照了。不知从什么时候开始，在登机过程中照相的人多了，上飞机后照相的人就更多了。多数人请人为自己拍照，或者相互拍照，也有人专门从飞机窗向外照风景。初次乘飞机的人往往一登机就急着拍照留念。有一次见一位年轻人一上飞机就坐在头等舱座位上，空姐正要询问，却见他挥手示意，原来正由同伴为他照享受头等舱的照片。

我乘飞机都喜欢坐在靠窗一排，早期不能订座位，也没有选座系统，所以在办登机手续时总是要求尽量给靠窗座位，前后不论。等我有了照相机，如果预计能拍到好的景观，就提前做好准备。但从飞机上拍摄受多种因素影响，成功率很低，不仅需要天气清朗、能见度高，还要有合适的时机、角度与光线。尽管如此，这些年来我还是拍到了长城、长江口、天山、富士山、阿尔卑斯山、塞纳-马恩省河两岸、阿拉斯加海岸、盐湖、西雅图旁的雪山、大峡谷、芝加哥等鸟瞰，有的自以为相当完美。

有的机场是军民合用，往往不许旅客在机场照相，或者不许向某一方向拍照。国外机场也是如此，2015年在非洲一个机场就见到这样的规定。2011年7月，我们从赫尔辛基乘飞机在俄罗斯的摩尔曼斯克机场降落，大概这个机场也有军用部分，所以下机前特别有人上来宣布不许照相的规定。但这个机场异常简陋落后，办入境手续的地方像库房，效率极低，等候时间很长，有人闲得无聊，还是照了相，实际根本无人管。

在1981年我刚开始乘飞机时，机舱内是不禁烟的，所以每个座位一旁扶手上有一个小格，推开上面的小盖就能放烟灰。飞机上发的糖果点心中偶尔还有香烟，是五支装的小盒，据说头等舱里每次都发香烟。后来改为将吸烟乘客集中在客舱后部，换登机牌时会问是否吸烟。既然允许吸烟，自然不能限制带火柴或打火机。外国航班开始禁烟后，中国民航容许吸烟还维持了一段时间，往返日本的航班因此增加了不少日本乘客。因为日本的航班已经禁烟，日本烟民为了在旅途能吸烟只能乘中国航班。即使在中国航班开始禁烟后，国内的候机楼一般还有吸烟室或吸烟区，而欧美的机场大多严格规定室内不能吸烟，朋友中的烟民在出国或国际转机时叫苦不迭，有的至今还不适应。

八十年代乘飞机时几乎没有安检的概念，我记得在办登机手续的柜台旁有一张告示，说明哪些东西不能带上飞机，寄行李时有时会问一下是什么东西，但没有什么检查，更没有安检仪器或设备。对带茶水登机没有限制，那时还不大有保温杯，有的乘客拿着一个装满茶水的大玻璃瓶。以后开始有了对乘客和行李的安检，并且越来越严格，禁止的范围也越来越广。如饮料茶水，开始时只要当着安检员喝一口就能带入，以后大多完全禁止。

中国的安检特色还一度包括对乘客的限制。1983年卓长仁劫机案发生后，民航规定乘客购票不仅应持有厅局级以上单位的证明，还必须由厅局长签名盖章。我们复旦大学出差乘飞机的人多，本来只要到校办开介绍书就可以了，这下子都得找校长谢希德教授签字，她不胜其烦，但又不能不签。一时乘客大减，正好谭先生与我乘上海去沈阳的航班，飞机上几乎没有几位乘客。好在实行不久就恢复原规定了。

最严格的安检还是“九一一”事件后的美国机场，包括飞往美国的航班。“九一一”后去美国，发现它的国内航班安检比国际航班还严格，航空公司提醒乘客提前两小时甚至三小时办登机手续，机场前的路上会有对车辆和人员的检查，装甲车、荷枪实弹的特种兵、警察、警犬随处可见。等待安检的长队一直排到候机楼外面，误机的乘客和晚点的航班不时可见。安检的手续极其烦琐，对“特殊乘客”已无隐私可言。对行李稍有怀疑，就会移到隔离区（乘客绝不许进入或靠近）彻底翻检，所有锁具封带一律打开，包装全部拆开。乘客取回箱包和凌乱的行李后，往往再也无法放入或关上，有些被撕毁精致包装的物品已不能再当礼品，我亲眼见到有人扔进垃圾桶。轮到重点检查的人更烦，得带着随身物品随安检人员到一旁的隔离区或隔离室，先查遍全身，再远观检查随身物品。重点对象或随时指定，或在登机柜台上方告示牌上公布姓氏，乘头等舱、商务舱的也不例外。有一次我在几个航段都被抽到，不禁向警察抱怨，得到客客气气的回答：“这是随机抽的，没有任何歧视。”不过实际上外国人、某些服饰相貌的乘客被抽到的更多。美国人对液体查得特别严，有一次我忘了将保温杯中的茶水倒干净，过安检取出杯子时才想到。刚想倒掉，安检员一把拦住，问里面是什么东西，我告诉他是茶，表示可以喝一口。他二话不说，取过杯子就往里走。等了好久才见他回来，将倒空的杯子还给我，显然是做了化验或鉴定。在中国机场，经过安检进入候机区后就不禁止带饮水了。由于国际航班供开水不足，乘客往往会泡上一杯茶带上飞机，多数国际航班是允许的，唯有飞往美国的航班例外，在登机桥前安排专人检查，对饮料茶水一律收缴或倒掉，最客气的做法也是倒掉水，留下茶叶。

经常听到乘客抱怨“看来不让我们乘飞机了”“干脆将机场关了，免得我们受罪”，但在行动上谁也不敢有丝毫不服从配合。只要想到恐怖活动的惨痛后果，再严厉的安检措施也不过分了。当我看到电视新闻中那架从波士顿洛根机场飞往西雅图的出事飞机，立即想到一个月前我正是乘这一航班由波士顿到西雅图转机回国的。听说上海一位教授全家就是9月10日乘同一航班离开波士顿回国的，要是晚一天，结果不堪设想。

除了恐怖活动的影响，乘飞机还是最安全的出行方式。每次空难后，同一航线、同一机型往往乘客锐减，有的不得不临时停飞。有的朋友问我：“你怎么还敢坐？”当然有时是因为没有替代的交通工具，但我一直认为空难本身是极低概率的事故，而在空难发生后，同一航线、同一机型必定会采取更可靠的保障措施，应该比平时更安全。三十多年来，我的航程大概已超过一百万公里。

我遇到过最紧张的经历还是剧烈的气流。印象最深的一次是1992年从昆明飞成都，开始时还只是剧烈抖动，不久就变成大幅度上下颠簸，机舱内一片惊叫。乘务员强作镇静，也掩盖不住紧张的脸色。刚稳定下来，突然又感到更大幅度的下坠，接着又急速上升。

终于等到飞机落地，大家如释重负，夜里躺在床上竟感到从未有过的疲劳。还有一次是上海市出席全国政协大会的包机，遇到强气流时大家正开始用餐，这架空客大飞机上下起伏，放在餐桌上的饮料都溢出杯外，拿在手里也止不住。京沪航线极少遇到这样的情况，空乘人员不停地安慰乘客，但也不得不停止服务。这时我见机长从驾驶舱出来向领导汇报，已经申请升高，到万米以上就没事了。果然，飞机很快平稳，大家可以安心用餐了。

民航机座位上一直有安全带，起飞前空乘都会提醒乘客系上安全带。但一开始乘客往往不以为然，空乘也不严格检查。那时乘客中有不少是领导，空乘常用“首长”相称，也不敢检查。我就听到过邻座有人洋洋得意地说：“我坐那么多回飞机，从来没有用过这玩意儿。”也亲眼看到有人将安全带放在腰间，却并不系上，等空乘一过就松开了。但那时在飞机升空改平飞后就可以解开安全带，并不建议乘客全程使用安全带，国际航班也是如此。以后出了几次因气流引起的大事故，如东航一架飞往美国的航班在太平洋上空遇到强烈气流，飞机急剧下降两千多米，正在服务的空姐被撞成植物人，没有系安全带的乘客被抛上舱顶受重伤，飞机不得不紧急降落。外国航班也出过这类事故，所以现在的航班除了在起降时严格检查乘客安全带是否系好，还建议或要求乘客全程系安全带，有的国际航班还要求商务舱旅客在睡觉时将安全带系上，放在被子外面。2000年，我从智利蓬塔阿雷纳斯乘智利空军的运输机去我国南极长城站所在的乔治王岛。舱内是几排长条凳，没有正规的安全带，但每人坐的地方两边都有帆布带，起降时可扎紧。2015年乘东航刚使用的空客大飞机，头等舱内可拼成一张双人床，我不知道两个人睡在那里时是否必须要分别系安全带，或许如此豪华的舱室已经另有安全设施。

这些年航班晚点成为媒体的热门话题，实际上航班晚点或临时更改一直有，只是以前乘飞机的人少，航班更少，所以一般不会引起外界注意。1983年7月31日，我随谭先生从长春返回上海，航班原定七时五十分起飞，经停沈阳，十一时到北京，下午有好几班京沪航班，肯定能回到上海。我们起了个大早赶到机场，得知由于前一天飞机没有到，不能准点起飞，只能在候机楼耐心等待。那时长春机场没有什么航班，等早上的航班飞走，候机楼就只剩我们两人了。吃完早餐，以为等一会儿就能登机了，谁知吃过午饭还不见飞机踪影。直到四点半才起飞，五点十五到沈阳，八点十五才到北京。

虽然在沈阳机场也安排了晚餐，还不至于挨饿，但京沪最后一趟航班已经飞走，连售票柜台也关了。那时没有手机，临时无法找住处。我打听到离机场最近的旅馆是那家在机场路旁的机场宾馆，先到那里订了房，再回机场接谭先生去。第二天一早再去机场售票处，买到八点二十分的机票，总算在午前回到上海。本来长春会议的主办方建议乘火车回上海，谭先生因为在火车上过夜不方便，改买机票，结果比乘火车花的时间还多，人也更累，他在日记中感叹“弄巧成拙”。

另外两次则是遇到异常气候，属“不可抗力”，却被我遇上了。1988年冬天也是随谭先生由北京回上海，我们是傍晚的航班，虽然天气预报说晚上有雨雪，我们以为能赶在雨雪之前起飞。到了机场才发现候机楼里人山人海，由于北方已大范围降雪，很多航班晚到或取消。加上机场已降冻雨，跑道结冰，往南方的航班一时也难起飞。送我们的车已经离去，想回招待所也回不了，好不容易给谭先生找到一个坐的地方（不是椅子凳子），我守在柜台等消息。八点多登机，乘客们庆幸不已。机舱门关上后却不见动静，又等了一会儿后听到广播，要求乘客全部回候机楼等候。当晚肯定走不了，也没有任何工作人员来安排食宿，进城的班车已停开，偶然出现的一辆出租车立即成为人群争夺的对象。天无绝人之路，我遇到了同一航班的一位军官，他说有车来接他进城，但没有住的地方，我请他带我们到海运仓招待所，我们可以安排他住宿，我知道我们会议的房间还没有退，有好几间空着。机场路已经积雪，我们坐的车不止一次出现打滑，有一次已经绕了半个 S，途中还看到有两辆车滑出路面，陷在雪中。回到招待所已过午夜，睡了几个小时又得不停往机场打电话询问航班何时起飞。拨号后十之八九是忙音，偶然接通也无人应答，直到午后才得知明天早上可到机场等候。第三天中午到虹桥机场，又遇到了难题，因为事先不知道到达时间，无法通知学校的车来接。机场出口处没有出租车，连公用电话也没有，只能扶着谭先生艰难地挤上民航班车，再改乘公交车回家。

三年前的初夏，我乘晚上的航班去合肥。候机楼遇到一位朋友，他问我为什么不乘火车，我告诉他白天有事，而晚上没有动车，我还不无自信地说：“还是乘飞机方便，不到一小时就到了。”刚与朋友告辞，就收到晚点通知，我并不着急，反正平时睡得晚，再晚到也不影响明天上午开会。十二点多飞机终于起飞，半小时后我发现情况不对，照理该开始下降了，怎么还不见动静。果然，空乘悄悄告诉我，因合肥雨太大，飞机降不了，决定改降武汉。我冒着倾盆大雨进入武汉市内一家宾馆，上床时已是凌晨三点半。早上不敢晚起，吃过早餐就不时打听消息。等不及的乘客决定改坐动车，但后来又回来了，说是路上积水太深，汽车进不了车站。原定合肥的会是上午开的，是否赶得上对我来说已毫无意义，现在只考虑如何回家。下午三点终于坐上去机场的大巴，路上也是走走停停，有几处积水都是涉险而过，熄火的小车随处可见。办登机牌时得知，我们的航班还是飞合肥，而不是返回上海。我与柜台人员交涉，要求改签去上海的机票。我告诉他们，原来我订的是下午回上海的机票，现在再去合肥，说不定今天已经没有回上海的航班，得再等上一天，而东航正好有武汉飞上海的航班，为什么不能通融？实在不行，我就买一张去上海的机票，将其他两张票退了不行吗？我只好掏出证件："我是你们的 VIP，让你们主管来，必须给我解决。"经过请示，总算同意给我改签上海。花了差不多三十个小时，除了中间睡了三四个小时，全部花在途中，却根本没有到过目的地，这是平生唯一一次，但愿是最后一次。

乘国外航班也经常遇到晚起飞，一般时间不长，往往到达时已基本赶回来，甚至会早到。即使时间长，乘客也波澜不惊，一则大家理解航空公司肯定有不得已的原因，一则一旦晚点都会有周到的安排。第一次遇到是在美国丹佛机场转机，一宣布航班要晚点一个多小时，就给每人一个密码，可以到旁边公用电话上打一次免费电话，另有一张免费饮料券。另一次由波士顿经西雅图、东京回上海，因东京大雪飞机改降大阪。当晚给全部乘客安排高标准食宿，提供免费国际电话，第二天在东京转机时每人发一张一千五百日元的免费餐券。还有一次是因为我乘的前一班航班晚点，没有赶上同一航空公司的下一程航班，除给我改签最近的航班外，还送了我一张该公司航线美国国内任意地点间的往返票，有效期一年。当时我颇高兴，似乎因祸得福，实际上这张免票只能是一件纪念品，因为我一年内没有在美国因私旅行的机会，有次想利用它节省因公出访的经费时才明白，必须在美国国内办理手续，而且不能保证时间、航班是否合适。

从1981年至1985年，我以为机票都是一个价，也不知道还有不同的折扣。1985年6月我去上海民航售票处买去纽约的机票，我按两张成人票、一张半票（二分之一）付款，却被告知钱不够，才知道我订的全票属于Y舱，是有折扣的，而为女儿订的儿童半票是全价的二分之一，不是折扣后的半数。从我家到售票处要换三次车，回家取钱肯定来不及，只能到附近谭先生家中向他借钱。到美国后知道可以通过旅行社买机票，而价格五花八门，有各种选择。我让旅行社给我订由波士顿往返芝加哥的机票，收到多种方案。其中最便宜的不到一百美元，是从波士顿先飞达拉斯，再飞芝加哥，返程还得转一个地方，单程得花十几个小时。我选了直达的早班，价格适中，只是很早就得出发。如果选好的时段，价格几乎贵一倍。那时还没有互联网，好在美国打电话和开支票很方便，电话商定，将个人支票寄去，机票就寄来了。1986年6月回到国内，连电话订票的服务还没有，哪想到二十多年后也可以通过互联网在全世界找折扣机票了。

1981年从上海到北京的机票价格六十四元，多年不变。第一次涨到九十元，以后一百多，再以后我也记不住了。1988年，谭先生的老友、四川大学历史系的缪钺教授邀他去主持博士生答辩，并告诉谭先生已向系里申请到包括我的机票在内的经费。他们俩都已八十上下，多年未见，都盼着有这次机会。就在我准备购机票时，机票涨价的消息公布了，而且幅度颇大。我与谭先生商量，川大历史系未必能按新价报销机票，不如主动提出不去，以免对方为难。果然，缪先生回信表示只能如此。我想，得知谭先生主动取消，川大历史系分管财务的领导一定如释重负。但谭先生与缪先生再也没有见面的机会，成为他们终身憾事。本来各单位对报销机票控制很紧，如只有教授可以，副教授及以下都要特别批准。有一阶段机票的涨幅大，但高校的经费没有增加，对乘飞机的审批反而松了，只要你有经费，助教都能报销。1996年起我当研究所所长，每年归我支配的经费是八千元，直接分了，教授每人三百元，副教授及以下二百五十元，出差报告上随便你乘什么，照批不误。

现在的年轻人乘国际航班，主要关心的是行李是否超重，实在超重也不是付不起超重费。但二三十年前我们乘国际航班，超重费等于天价，所以在装行李时精打细算，随身行李用足政策，办托运手续时软磨硬缠，实在不行时还有备用方案——不是转移到随身行李，就是让等候在旁的亲友带回，付费是绝对舍不得的。

主要的麻烦还是买不到或买不起合适的箱包。1985年7月我们一家三口去美国，可以带六件行李，新买了一个行李箱，加上家里唯一稍大些的箱子，其他四件只能用纸箱。那时买不到封箱带，只能用行李带和绳子扎紧。国内买的行李箱很重，却不结实，最糟糕的是锁具，不是打不开就是锁不上。出国前得到警告，美国机场搬行李的工人都随手摔，必须加固加锁。但在纽约机场取行李时，还是有好几个箱子坏了，有两个已经散架。我有两个纸箱虽已变形，却没有散开。以后国内开始生产新款行李箱，有的还是中外合资企业引进外国技术或样品生产的。但由于品牌款式有限，同一航班往往有好几个颜色款式相同的箱子。有的箱子没有放上明显的标志，经常发生相互拿错的事。1990年我与复旦大学历史系几位同人访问日本，在大阪机场取行李时，一位同人就发现自己的箱子已被取走。他次日参加会议时要穿的西服及日常用品都在箱子里，幸而机场的服务效率很高，经过查询，第二天早上箱子就送到了我们住的旅馆。

行李没有装上所乘飞机，或者误送至其他目的地的事，我搭乘的国内外航班也时有发生，所幸我只遇到过一两次。印象最深的一次是与一位青年同人由上海去美国印第安纳，在底特律转机，行李是托运直达的。但深夜到印第安纳波利斯机场时，等不到他的行李。我陪他到行李柜台查询，得知在底特律机场漏装了，已经转到明天第一个航班运来。他首次乘国际航班就遇到这样的事，有点不知所措。值班人员一面道歉，一面宽慰他，明天上午一定送到我们的住处，并且送上一个小包，里面装着一件T恤、一条毛巾和一套洗漱用品。

还差两个月就是我乘飞机三十五周年，“航旅纵横”上显示我自2011年以来乘了三百九十三次飞机，总飞行时长九百三十八小时四十分，总飞行里程是五十二万四千四百五十公里（不包括乘境外航班），还有十次未使用的航程。这一切不要说我年轻时的乘飞机梦中不敢想，就是四十岁时乘上去美国的航班时也不会想到。既然梦想早已成真，为什么在有生之年不做更美好的乘飞机梦呢？

后　记

去冬郑培凯先生邀我编一本小册子，在香港城市大学出版社出版。虽雅命难违，却颇为难，因近年数量不多的新作大多已结集出版，年来所余恐编不成一本。培凯先生热情诱导：“此书在香港以繁体字出版，未以繁体字出过的旧作亦可入选。”回家后翻检旧作，倒发现一处资源——近年在腾讯网《大家》上发表过几篇字数不少的文章，签约时预先保留了网络以外的版权，似乎就是为了应培凯先生之命。而且媒体的友人一直告诉我，网络的读者与纸媒的读者基本上是两批人，则将这些文字结集出版既无侵权之虞，又得扩大读者之利，岂不妙哉！遂以这几篇为主，再收了几篇未结集的近作，居然成书。

每次结集后，书名往往难产。待我获知培凯先生已将此文丛命名为《青青子衿》，我立即想到了“悠悠我思”，何不以此为名？再检书稿，发现“思”的成分少了些，恐名实不副。于是从旧作里选了几篇与近年所思有关的，或自以为略有新思而未获注意的，合而为此《悠悠我思》。

编辑陈小欢女史悉心编校，还设置了栏目，调整了次序，则又为这本小册子增添了思味，不胜感激。

葛剑雄

2017年5月7日